IVO A. NARDELLA



# LE AVVENTURE DI BOH & MAH e il panda nano

tecniche nuove JUNIOR

I fondi raccolti saranno destinati a favore del Dipartimento Materno Infantile dell'ASST Grande Ospedale Metropolitano Niguarda, in particolare per la realizzazione di un innovativo progetto di formazione specialistica multimediale nell'ambito dell'urgenza pediatrica.

Sistema Socio Sanitario

Ospedale Niguarda

Regione Lombardia



REDAZIONE: tel. 02.39090.264
libri@tecnichenuove.com
VENDITE: tel. 02.39090.440
vendite-libri@tecnichenuove.com
www.tecnichenuove.com

ISBN: 978-88-481-3896-3



COPERTINA: Elisabetta Delfini su disegno di Irma Ribolla.
Illustrazioni: Irma Ribolla
irma.92.vittoria@gmail.com

STAMPA: Faenza Group spa - Faenza
Finito di stampare nel mese di maggio 2019

Printed in Italy

ELENA

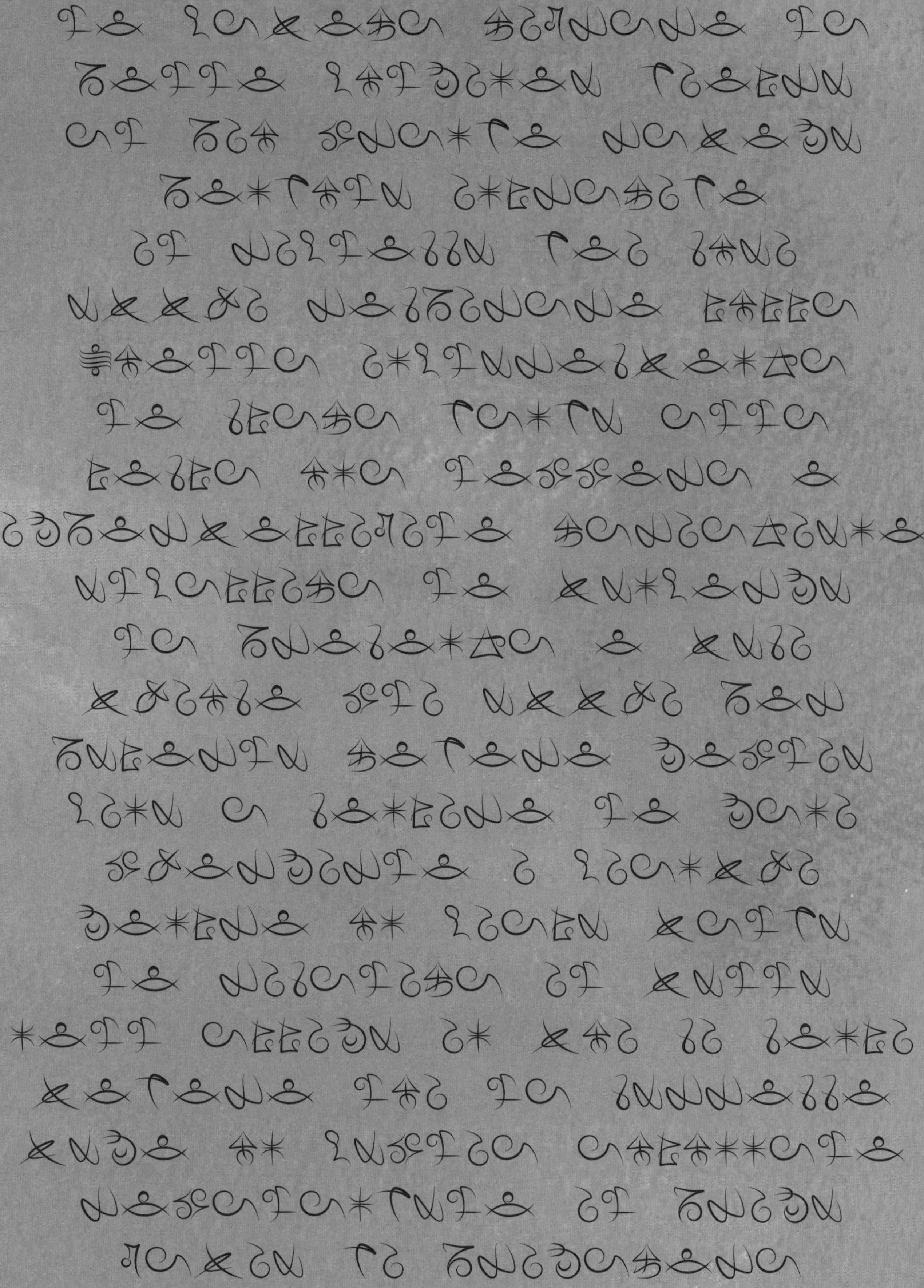

Un racconto per Stella
e per tutti quelli che sognano

*(Il bosco fatato, 3 giugno 2018)*

*In fondo alla strada c'è un ruscello; per superarlo bisogna passare su un ponticello in legno vecchio di tanti anni. Nessuno ha visto costruire il ponte, come nessuno ha visto creare il ruscello.*
*Ponte e ruscello sono grandi amici, hanno visto passare tante creature del bosco e conoscono molte storie: questa è una di quelle.*



• CAPITOLO PRIMO •

# Il bosco fatato

- Quale bosco? Chiese Boh.

- Il bosco dopo il ruscello! Esclamò Mah.

Nessuno poteva vedere il ponticello ridere, l'unico era il ruscello. Era strano non sapere di quale bosco stesse parlando Mah.

VIOLA
BIANCHE
ROSSE
ARANCIO
BLU
GIALLE
ORTO DI BOH

Il bosco era lì da sempre, forse da prima del ruscello, sicuramente da prima del ponte.

Era lungo tre autostrade e largo dieci navi ed era così pieno di alberi che ci voleva un vigile delle piante. Le robinie volevano sempre stare vicino al ruscello, i pini tutti schiacciati sulla collina e i faggi pretendevano di stare da soli nella radura. Un traffico di alberi mai visto; ecco perché ci voleva un vigile arboreo!



- Ma gli alberi non camminano. Disse Boh.

- Gli alberi dei boschi normali, forse, ma questo è un bosco fatato. Rispose Mah.

- Non esistono boschi fatati. Disse Boh.

- Se è per questo, nemmeno conigli parlanti. Rispose Mah.

In effetti Boh era proprio un coniglio parlante, per lui non era certo una stranezza! Per lui era normale parlare, come era normale essere un coniglio. Piuttosto, era la sua amica Mah a essere strana.

Mah era un elfo, femmina, una cosa abbastanza rara di questi tempi.

Mah camminava così leggera che non lasciava impronte, parlava così dolcemente che quando l'ascoltavi ti sembrava di gustare un frappè al fiordilatte. I capelli erano così sottili che a ogni passo restavano sospesi nell'aria, danzando. La pelle era più bianca di un foglio di carta non scritto, gli occhi erano blu come il cielo d'estate e le mani avevano dita lunghe e affusolate.



Boh e Mah erano amici da un sacco di tempo e non si erano mai preoccupati del loro aspetto, anche se così diverso.

Si incontravano dopo che Boh aveva finito di sistemare l'orto delle carote: ne aveva di tutti i tipi e per tutte le stagioni. Di tutte le forme strane (purché a forma di carota) e di tutti i colori: gialle, ocra, verdi, blu, marroncine (da usare solo per il mal di pancia) e poi, ovviamente, di tutte le sfumature del color carota.

Alle carote color carota Boh teneva tantissimo, era un vero esperto in materia. Erano anni che cercava di coltivare il color carota più simile al colore dei capelli di Mah, senza mai riuscirci. Questo lo rendeva triste.
Per questo, e non solo, gli piaceva passeggiare con Mah: per studiare bene il colore dei suoi capelli e poi provare a far crescere una carota color Mah. Sarebbe stato proprio un bel regalo per il com-

pleanno della sua amica elfo.

C'era soltanto un colore che Boh non coltivava: il nero-buio-salta-là, una varietà di carota alquanto pericolosa.

Nel frattempo i due amici, parlando di carote e di alberi, erano arrivati davanti al ponticello.

- Sei sicura di voler salire sul ponticello ed entrare nel bosco fatato? Chiese Boh a Mah.



- Il vigile arboreo mi ha chiamata questa mattina perché è successo qualcosa di strano nel bosco e hanno bisogno di un elfo per risolvere il problema. Rispose Mah.

In effetti, nel bosco era successo un gran pandemonio. Gli scoiattoli non ne volevano sapere di saltare sugli alberi a cercare ghiande, se ne stavano tutti zitti ai piedi di un faggio che, per l'occasione, si era piazzato in cima alla collina facendo arrabbiare tutti i pini. I pini per dispetto erano andati a sdraiarsi lungo il ruscello, scacciando con i loro aghi tutte le robinie. Le robinie in fiore, e quindi abbastanza appesantite, strillavano impazzite nella radura risvegliando un vecchio orso in letargo, dodici gufi e un barbagianni. Il barbagianni correva nella radura pensando di essere una gallina, mentre i dodici gufi si bevevano un caffè.

Fino a qui non c'era veramente nulla di strano: era pur sempre un bosco fatato. Il vero problema era la presenza di un panda nano, non più grande di un pallone da calcio.

Il panda nano non era previsto in quel bosco fatato; lui, che di solito abitava in un bosco di bambù laperlese, proprio non si capacitava del perché si trovasse lì.

Quando il vigile arboreo l'aveva visto, si era spaventato e tutto aveva iniziato a non funzionare più.

Il vigile arboreo era proprio disperato e continuava a chiedere a Mah di trovargli una soluzione; anche perché, fra non molto, sarebbe stato lunedì.

Boh, più che rispondergli boh, e Mah, più che ripetere mah, non facevano.

- Ma cosa importa se oggi è domenica e fra poco è lunedì? Chiese Boh.

- Dovete sapere che di venere e di marte non si sposa e non si parte e, soprattutto, non si dà principio all'arte; il giovedì faccio il minestrone e il fine settimana mi riposo come tutti. Disse il vigile.

- Quindi restano soltanto due giorni a mercoledì e oggi è quasi lunedì che, tra l'altro, è il giorno elfico per eccellenza, quello in cui le magie elfiche funzionano meglio. Incalzò Mah e proseguì:

- Bisogna sbrigarsi!



I tre continuarono la discussione fino al sorgere del sole: ormai era proprio lunedì. L'unico modo di ristabilire l'ordine nel bosco fatato era riportare a casa il panda nano. Il vigile aveva ricevuto istruzioni dal suo predecessore su come gestire gli alberi e le creature del bosco, aveva anche trovato delle istruzioni sui panda rossi e sui panda giocolieri... Ma sui panda nani non c'era scritto nulla sul suo quaderno delle direzioni!

A un tratto tutti gli animali del bosco si zittirono e anche i pini smisero di fare i dispetti. Tutti stavano osservando in silenzio il panda nano che, improvvisamente, e con un balzo inaspettato, saltò fra le braccia di Boh ridendo come un bambino.

A quel punto, Boh doveva avere per forza la soluzione...

- La carota nero-buio-salta-là! Esclamò il coniglio.

Dovete sapere che Boh non coltivava quella carota perché i suoi genitori gli avevano espressamente proibito di farlo; la carota nero-buio-salta-là aveva infatti proprietà magiche. Se mangiata dalle mani di un coniglio parlante ti faceva tornare immediatamente da dove eri venuto.

C'era soltanto un problema; le carote, come tutte le verdure, hanno bisogno di tempo per crescere, e lui aveva soltanto un seme nel suo armadio e non una carota già pronta e finita.



- Al tempo ci penso io. Disse Mah.

Gli elfi hanno la capacità di gestire il tempo e possono far sembrare un minuto lungo un mese (il che è utile, per esempio, quando mangi una cosa che ti piace e vuoi che duri tanto tempo), ma possono anche far durare una stagione un solo giorno.

Per far crescere una carota, Boh di solito la piantava all'inizio dell'inverno per poi raccoglierla alla fine della primavera. Due stagioni, due giorni elfici.

- Non c'è tempo da perdere. Disse Boh a Mah. E, prendendola per mano, la caricò sulle spalle per poi correre a velocità coniglio parlante, una notevole velocità, a prendere il seme della carota nero-buio-salta-là.

Il martedì sera, incredibilmente, un ciuffo verde-nero già

spuntava nell'orto di Boh. Con la sua piccola zappa e con estrema delicatezza, Boh tirò fuori dal terreno una bellissima carota nero-buio-salta-là. Così nera e così buia che tutto quello che c'era intorno perdeva la luce, e ai conigli il buio fa venire sonno, molto sonno…

Mah non fece in tempo ad avvisare Boh del buio che ormai stava avvolgendo tutto, che già il coniglio dormiva beato in mezzo al suo orto di carote; quando dormiva, soltanto la luce del mattino avrebbe potuto svegliarlo, e questo Mah lo sapeva bene.



Non poteva neppure più usare i suoi poteri elfici sul tempo, pertanto si distese anche lei e si addormentò, usando la liscia pancia di Boh come fosse un cuscino di seta.

Con tutto quel trambusto di alberi, il rumore che veniva dal bosco fatato era peggio di quello di un treno impazzito, ma soltanto la luce del mercoledì riuscì a svegliare Boh, che si ritrovò un elfo a dormire sulla sua pancia. Per la prima volta Boh guardò Mah con occhi diversi e pensò che gli sarebbe proprio piaciuto passare altro tempo con quella creatura.

Boh e Mah fecero tutta la corsa a ritroso, nella speranza di ritrovare il panda nano per riportarlo a casa e far tornare finalmente l'armonia nel bosco fatato.

Appena giunti nel bosco fatato, come se ci fosse stato un messaggio segreto, le piante del bosco si misero intorno alla radura ospitando sui loro rami tutte le creature; tutte tranne il vigile arboreo, che teneva per mano il panda nano in mezzo alla radura.

- Ora mi basterà far dare un morso di carota al panda nano e per magia andremo con lui da dove è venuto. Disse Boh, porgendogli la carota.



- Come andremo! Esclamò Mah.

Boh iniziò allora a spiegare che la magia della carota nero-buio-salta-là si sarebbe attivata soltanto se il coniglio parlante, al momento del morso del panda nano, avesse tenuto in mano la carota. Di conseguenza, tutto il sistema panda nano-carota-coniglio sarebbe stato catapultato nel luogo di origine del panda: Laperlì.

- Un paese lontanissimo, ci metterai un sacco di tempo per tornare a casa! Esclamò Mah, aggiungendo:

- E io come farò a stare senza di te?

Un'ombra di tristezza passò nello sguardo di Boh, anche perché ormai non era più tanto giovane e quando sarebbe tornato non avrebbe più avuto molta energia per giocare e chiacchie-rare con Mah.

Tutte le creature e gli alberi lo stavano guardando e riponevano in lui la speranza che presto, nel bosco fatato, sarebbe tornata l'armonia.

Boh diede un ultimo sguardo conigliesco a Mah, pensando: «Mah, chissà se la rivedrò».

Nell'attimo in cui il panda nano si decise a mordere la carota nero-buio-salta-là, Mah abbracciò Boh e sparirono tutti e tre, in un lampo di luce buia.

Nessuno li ha più visti da allora, il caos armonico regna ancora nel bosco fatato, il vigile arboreo ha ancora il suo bel daffare ma ora tutto gira come deve.

# CAPITOLO SECONDO

# Già e Lì

- E Lì? Esclamò Mah fra lo stupito e il perplesso, facendo la domanda più a se stessa che ad altri.

Lo stupore sul volto di Boh non era da meno, e non tanto per il luogo in cui erano stati catapultati dopo che il panda nano aveva dato un morso alla carota nero-buio-salta-là, ma più per la domanda che la sua amica elfo Mah aveva prontamente espresso.

~ Come fai a conoscere Lì?

- Chi ha parlato? Chiese Mah.

- Io no! Rispose Boh.

In effetti, nessun suono era stato emesso da alcuno in quella foresta di bambù; certo, echeggiava il classico fruscio delle canne, e l'eco del tonfo generato dal brusco atterraggio era ancora lievemente presente.



Il coniglio e l'elfo stavano fissando il panda nano che, a sua volta, li fissava con due occhi grandi come meloni maturi.

~ Ripeto la domanda: come fai a conoscere Lì?

Ancora una volta nessun suono era uscito dalla bocca di alcuno.

- Senti un po', coniglio parlante, non è che sei pure ventriloquo? Chiese Mah a Boh con sguardo d'accusa, mentre gli puntava dritto in faccia il dito indice, che iniziò a brillare intensamente.

- Non cominciare con le tue magie elfiche per poi accusare me, sai! Rispose Boh risentito.

~ La piantate di discutere come due mocciosi umani?

Era il panda nano ad apostrofarli, ma lo faceva senza parlare.

Poi aggiunse: ~ Scusate, mi presento: mi chiamo Già e sono un panda nano. Vi state chiedendo come fate a sentirmi senza sentirmi? Ve lo spiego subito: sono telepatico! Che cosa vuol dire? Che riesco a parlarvi nella testa e vi ascolto pure, ascolto tutti i vostri pensieri, basta che stiate vicino a me. Riesco ad ascoltare i pensieri di tutte le creature che mi stanno vicine, tutte… a eccezione degli elfi femmina! Quelle, purtroppo, le sento anche da lontano.

Mah divenne decisamente rossa sulle gote.

~ Non preoccuparti Mah, posso decidere di parlare anche solo con la tua testa: i tuoi segreti sono al sicuro con me.



Mah si sentì sollevata e diede una grattatina alla testa di Già.

Boh, un po' ingelosito dal gesto, iniziò a saltellare in giro per il bosco di bambù laperlese alla ricerca di qualcosa da mangiare; il viaggio con la carota nero-buio-salta-là gli aveva messo una gran fame.

~ Adesso mi dici per cortesia come fai a conoscere Lì? Chiese Già.

- Lascia che ti racconti una storia. Qualche giorno fa ero travestita da umano per andare a trovare due mie zie che abitano in un piccolo bosco di città. Un tempo, Và e Là abitavano in un bosco vero e proprio, pieno di platani enormi; poi, quando la città si è ingrandita, gran parte delle piante è stata abbattuta e adesso ne restano solo quattro, nel cortile di un palazzo. Io sono cresciuta con loro. Formavamo una piccola comunità elfica che tutte le creature del bosco conoscevano come Mah-Và-Là. In questo modo, quando qualcuno diceva che fra quei platani abitavano degli elfi che si chiamavano mavalà nessuno ci credeva seriamente, e noi vivevamo tranquille.



~ Ma questo cosa c'entra con Lì? Chiese il panda nano.

- Se hai la pazienza di ascoltare tutta la storia...

Il panda allora sistemò il suo sedere peloso nell'incavo fra due grandi bambù che formavano una comodissima sdraio. In quella posizione, la sua pancia tonda iniziò a emettere un gorgoglio; iniziava ad avere fame anche lui, ma la curiosità su Lì era più forte.

~ Allora continua, ti prego.

- Devi sapere che Và e Là sanno fare la crostata di mirtilli più buona del mondo: croccante e morbida al contempo, dolce al punto giusto e con quel tocco di acido che ti solletica le papille e ti fa venire subito voglia di mangiarne un'altra. La crostata elfica di mirtilli è fatata: se riesci a non far cadere una briciola, e la mangi tutta, appena ingoiato l'ultimo boccone ne appare subito un'altra. Gli elfi ne possono mangiare anche dieci! Più ne mangiano e più ne mangerebbero, senza sentirsi mai appesantiti. Anzi, ogni morso a quella crostata ti fa sentire più leggero. Io di solito, dopo la quarta, mi devo legare un sasso al piede, altrimenti volo via.

Mah si era accorta che il piedino sinistro del panda nano aveva iniziato a tamburellare sulla base del bambù, segno che stava per spazientirsi, ma quando Mah raccontava delle crostate ai mirtilli si perdeva in descrizioni infinite che avrebbero annoiato anche un sasso di fiume (abituato com'è alla monotonia dell'acqua che gli scorre addosso).

- Ok, disse Mah, risvegliandosi dal ricordo della crostata, e proseguì.

- Un giorno, mentre stavo tornando a casa dalle zie, a un tratto ho sentito il rumore di uno sbatter d'ali provenire dall'angolo di un parcheggio: era un gufetto ferito. Cercava di decollare, ma un'ala aveva una brutta piega e, ogni volta che ci provava, sbatteva contro il marciapiede. Non era più grosso di una mano umana e parlava una lingua decisamente incomprensibile anche per un elfo come me... e mediamente noi parliamo millesettecentocinquantatré lingue e dialetti diversi!

Ho deciso di prenderlo e di portarlo dalla mia amica Sah, una vera esperta in malanni gufeschi.

Sah è un elfo curatore che parla millesettecentocinquantatré lingue e dialetti più uno, il gufesco laperlese appunto (onestamente un dialetto assai poco diffuso). Mentre lei lo visitava, io sono andata in libreria e in cinquantatré secondi più uno ho imparato il gufesco laperlese.

Una volta ritornata da Sah, sono riuscita a parlare con il gufo e ho scoperto, nell'ordine, che:

1) il gufetto era in realtà una gufetta;

2) si chiamava Lì;

3) viveva in un bosco laperlese (ovvio);

4) era la più grande amica di un panda nano.

Mi ha anche detto che si incontrava con questo panda nano e che lo aiutava a coltivare wasabi; poi, all'improvviso, il panda era sparito e lei era partita per il mondo alla sua ricerca.

Un giorno, mentre volava, un fiume le disse di aver sentito di un panda nano che era apparso in un bosco poco lontano. Eccitata per la scoperta, Lì si era messa a volare a tutta velocità, sulle cime degli alberi e poi giù in picchiata, vicino all'asfalto di città. All'improvviso, un motorino che andava a cento all'ora l'aveva urtata inavvertitamente e lei si era ritrovata, ferita e dolorante, nell'angolo di un parcheggio.



Spaventata dal passaggio di molti umani che non la degnavano di uno sguardo, solo quando mi aveva riconosciuta come elfo travestita da umano si era messa a fare quella scena, sbattendo le ali tutto intorno per attirare la mia attenzione. Sapeva che mi sarei presa cura di lei.

- Deduco che sia tu il panda nano amico di Lì.

Più che una domanda era un'affermazione. Adesso Mah si stava domandando in che confusione si erano ritrovati e provò a ricapitolare fra sé e sé (anche se il panda ascoltava per via telepatica) quello che era successo.

Il panda nano era apparso nel suo bosco fatato creando scompiglio nella vita delle creature e facendo disperare il vigile arboreo. Con la carota nero-buio-salta-là e qualche magia elfica erano riusciti a riportare Già nella sua foresta laperlese, scordandosi al contempo Lì là. Nel senso che la gufetta Lì era rimasta là.

A dar retta al vigile arboreo avevano aumentato i problemi.



A un certo punto, inaspettatamente, Mah sentì Boh che urlava come un forsennato.

- Bruciaaaaaa!!!! Ahia!!!! Che male!!! Acquaaaaa!!! Paaaneeeee!!!

La scena, se non proprio buffa, poteva sembrare preoccupante. Un coniglio parlante che saltava disperato superando le cime dei bambù e che, ogni volta che raggiungeva le foglie più alte, gridava parole diverse.

- La lingua!!!!! Brucia la lingua!!!! Fate qualcooooosa!!!



Mah estrasse dalla sua tasca una corda elfica, che con un capo si arrotolò da sola alla base di un bambù e, con l'altro capo, alla coda batuffolosa del coniglio, obbligandolo a smettere di saltare e anzi, accorciandosi, a tornare giù a terra. Boh, però, non smetteva di lamentarsi. Sempre dalla tasca, Mah gli porse una caramella non più grande di un bottone.

Boh se la mise subito in bocca e il dolore si placò; in compenso, aveva una lunghissima lingua, rossa come i capelli di Mah, che gli pendeva inerme di lato.

- Ho mafiato una farofa fefde. Cercò di dire Boh, subito interrotto da Già.

~ Non parlare, tanto non si capisce nulla! Usa il pensiero, che io lo ritrasmetto anche a Mah. Calmati e dicci cosa è successo.

~ Mentre voi vi raccontavate i fatti vostri grattandovi la testa a vicenda (proprio non gli era andato giù quel gesto semplicemente affettuoso) io sono andato a cercare qualcosa da mangiare. Saltellando nel bosco, sono arrivato al greto di un fiume, le cui rive in ghiaia fine erano piene di carote verdi. Con la fame che avevo ne ho colte subito tre e me le sono messe in bocca, ma, appena ho iniziato a masticarle, ho sentito un bruciore in bocca che neanche vi immaginate: fuoco e fiamme, pensavo di aver mangiato un pezzo di lava ancora rossa. Che male!!!!

Già e Mah lo stavano guardando con un sorrisetto sulle labbra.

~ Cosa avete da ridere? Chiese mentalmente Boh.

~ Non erano carote verdi, ma radici di wasabi. Rispose Già.

- Wafa-che? Cercò di dire a voce Boh, rendendosi conto che gli penzolava ancora la lingua, adesso di un bel colore rosa acceso.

~ Wasabi. Sottolineò Mah. ~ Il wasabi è una radice tipica di Laperlì e si usa appunto per fare quella cremina verde che c'è nei ristoranti dove si mangia il sushi. E smettila di provare a parlare, solo quando la lingua diventerà gialla come una banana potrai parlare!

~ Ma poi mi dovrò tenere la lingua gialla?

~ No, fra due giorni tornerà normale. È un effetto collaterale del bottone pompiere. La caramella che ti ha fatto passare il bruciore, anzi, il piccante del wasabi.

~ Ma non potete coltivare carote come tutti?

Era una domanda che non aspettava risposte, un semplice sfogo provocato dalla rabbia per la figura da fesso che aveva fatto davanti a Mah.



~ Non sei fesso. Gli parlò nella testa Già.

~ Ah già, qui non si può pensare ai fatti propri che i Già nani ti ascoltano. Pensò sarcastico.

Nessuno lo poteva vedere, ma la pelle di Già sotto la coltre di pelo era diventata rossa dalla vergogna. Lui non avrebbe mai voluto avere quei poteri di lettura del pensiero... La sua capacità di leggere i pensieri altrui aveva cominciato a svilupparsi da quando aveva scoperto che gli piaceva un sacco il wasabi fresco, un alimento di certo non previsto nella dieta di un panda nano. Era più forte di lui, aveva sempre detestato il bambù, alimentazione base di tutti i panda, inclusi quelli nani come lui. Da quando aveva assaggiato, più per curiosità che altro, la radice di wasabi, non aveva più potuto farne a meno; lì erano iniziati i problemi.



~ Quali problemi? Chiese Mah.

~ Quelli con i monaci Yamashi.

E così Già iniziò a raccontare di come erano andate le cose.

In quella regione del Laperlì, una piccola comunità di monaci Yamashi viveva in modo ascetico, studiando i libri antichi e praticando arti magiche e marziali. Per sostenersi, vendevano radici di wasabi che coltivavano nel greto di un fiume. Il loro capo, Sciòlà, fondamentalmente una strega cattiva, sorvegliava la piantagione di wasabi con estrema attenzione e avidità. Non permetteva a nes-

suno di avvicinarsi e aveva creato un incantesimo per rendere invisibile il campo coltivato agli occhi degli umani.

Ma non a quello dei panda nani.

Ogni mattina Sciòlà, prima del sorgere del sole, andava al fiume e iniziava a contare i ciuffi che spuntavano dalla ghiaia, sotto la quale si celavano le preziose radici di wasabi. Non ci mise molto ad accorgersi di alcuni ciuffi che sparivano durante la notte. Un giorno uno, un altro due, fino a vederne sparire dieci alla volta. Inammissibile!



Appostandosi una notte nel bosco, Sciòlà si era accorta che il panda nano si recava furtivo a far razzia nella piantagione. Avrebbe voluto strozzarlo, fargli rigurgitare il maltolto: ma proprio a lei doveva capitare un panda nano, per di più ladro? I panda, anche quelli nani, erano infatti creature protette e pertanto nulla poteva fare contro quel ladruncolo notturno, pena la perdita di tutti i suoi poteri. Allora che fare?

Decise di rivolgersi al direttore della regione. Un direttore speciale, ovvero quello che si occupava delle creature dei monti: un vecchio bradipo zen di nome Oh.

- Oh, Già si sta mangiando senza pagare le mie radici di wasabi! Disse spazientita Sciòlà a Oh.

Oh ci mese un mese a elaborare quella frase, due mesi per aprire la pratica e sette giri di luna per darle una risposta.

In quel periodo di tempo Sciòlà diventava sempre più verde dalla rabbia e ogni mattina, contando le radici mancanti e non potendo fare nulla, si stava trasformando in un color wasabi sempre più acceso.



Finalmente Oh la mandò a chiamare, ci mise sette giorni ad aprire la bocca e dodici a dire la prima parola. Ormai Sciòlà era verde fluorescente e le fumavano le orecchie.

- Insegnate a Già a coltivare il suo wasabi. Fu la sentenza del direttore.

Sciòlà non era per nulla soddisfatta della risposta, sperava in una punizione esemplare! Insegnare a coltivare il wasabi a un panda nano! Inammissibile!!!

Ma, suo malgrado, la legge andava rispettata.

Il primo problema era riuscire a comunicare con un panda nano. E mentre parlava ad alta voce, uno dei gufi che lei teneva prigionieri in una gabbia le disse, senza parlare:

~ Ci parlo io con il panda se mi liberi.

Sciòlà stava quasi per infilzare quello stupido volatile con un bastone appuntito di bambù, quando si bloccò a pensare come un gufo avesse parlato senza parlare.

~ Sono telepatica e posso insegnare io al panda a coltivare il wasabi.

Sciòlà odiava le creature fatate, ma in fin dei conti erano il frutto dei suoi esperimenti notturni (non proprio tutti andati a buon fine a giudicare dalle piume sparse sul pavimento).

E così Lì fece conoscenza notturna con Già e gli insegnò a coltivare il suo wasabi. E mentre il wasabi cresceva, Sciòlà preparava una pozione per far sparire il panda. Per legge non poteva ucciderlo, ma nessuno le avrebbe vietato di spedirlo altrove. Era terrorizzata dal fatto che il wasabi di Già sarebbe stato venduto al mercato. Figurati! Tutti avrebbero acquistato il wasabi prodotto da un panda nano, e nessuno avrebbe più acquistato il suo. Inammissibile!!!

Sciòlà non sapeva però che Già lo avrebbe coltivato solo per uso personale; le creature dei boschi producono soltanto quello che serve, magari qualche radice in più da regalare agli amici.

Più il wasabi cresceva, più cresceva anche l'amicizia fra Già e Lì, come l'odio di Sciòlà per il panda nano.

Un giorno, mentre Già dormiva beato facendo bolle verdi wasabi dal naso, Sciòlà si recò al campo di Già e cosparse il wasabi con una polvere magica, trasformando il wa-sa-bi in un pericolosissimo wa-sa-là. Un wasabi modificato che, appena morsicato, avrebbe proiettato chi lo ingoiava a migliaia di chilometri, verso là.

~ Ecco la mia storia. Disse Già guardando i suoi nuovi amici Boh e Mah.

~ E adesso mi aiutate a trovare Lì? Chiese innocente Già.

- Dobbiamo chiedere aiuto a Ihoh. Esclamò Mah.

# CAPITOLO TERZO

# Il monte Su-là

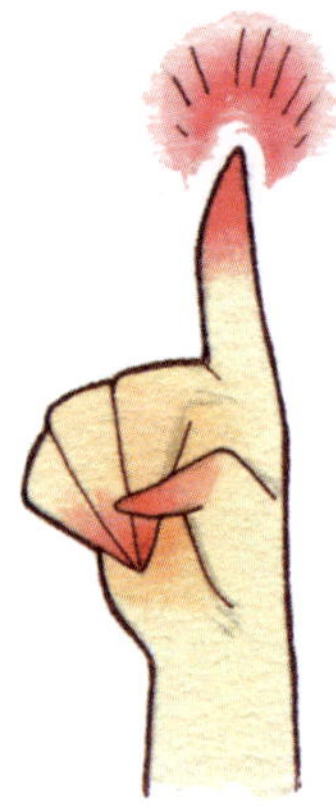



- E chi sarebbe Ihoh? Chiese Boh.

La lingua adesso era decisamente arancione, color zucca, e si vedevano ancora alcune striature gialle. Il bruciore era passato, ma non l'arrabbiatura e la fame.

Solo a pensare al cibo la pancia tonda di Già iniziò a emettere un brontolio non proprio sommesso.

~ Anch'io ho fame. Si inserì nelle loro menti Già.

~ Venite a casa mia. Continuò Già.

~ Ho una dispensa ricca di leccornie.

Mah era visibilmente indispettita, teneva le mani intorno alla vita e i capelli sulla testa le formavano dei raggi dritti come spaghetti; le brillavano anche due dita e questo non era un buon segno.

Quando si dice «Ho una fame che non ci vedo», nel caso di Boh e Già bisognerebbe aggiungere anche «Ho una fame che non ci sento».



- Abiti lontano da qui?

~ Se la tua carota nero-buio-salta-là ha funzionato correttamente, casa mia è dopo il torrente Sciacqualà, quello dove hai mangiato la radice di wasabi; io abito quasi in cima al monte Su-là.

- Solo? Chiese Boh.

~ Che cosa c'entra mio cugino So-lò? Rispose Già.

- Ma no, io intendo se su là, nel senso di là sul monte, abiti da solo, nel senso di so-lo.

~ So-lò vive con tutta la sua famiglia sull'isola di So-là nella provincia di Stai-quì.

- Quindi sta qui anche lui e tu non vivi solo?

Già fissava Boh con occhi decisamente pandeschi, magari anche un po' stupiti. E quando stava per replicare a quella discussione senza senso, Mah, con ormai tutte le dita delle mani accese, il viso rosso come il succo d'anguria e librata a dieci centimetri da terra, iniziò a urlare inviperita:

- Baaaaaaaasta!!! Mi fate diventare matta!! Mi avete chiesto di Ihoh, poi avete iniziato a fare versi con le pance, roba da umani per giunta e, infine, questa discussione senza senso!

- Perché fai "Ih-Oh", il verso dell'asino?

Chiese Boh interrompendola.

Quello era veramente troppo. Mah passò dalle parole ai fatti. Puntando le cinque dita della mano destra nella direzione di Boh e Già, fece uscire un flusso elfico di energia che li sollevò entrambi di un metro da terra. Poi, con l'altra mano, disegnò nel cielo una vasca da bagno vuota e vi mise dentro il panda nano e il coniglio parlante. Solo dopo saltò dentro e, azionando i rubinetti, presero tutti il volo.

Boh e Già non osavano né parlare né, tantomeno, pensare...

Mah conosceva la strada. Gli elfi conoscono tutte le strade del mondo, meno una. Aveva già tracciato mentalmente il percorso che li avrebbe trasportati, all'interno della vasca da bagno volante, da quel bosco di bambù alla casetta di Già, sul monte Su-là. Lo spettacolo che si presentava sotto i loro occhi era veramente notevole: la bruma del mattino avvolgeva il fondo delle piccole valli che il fiume Sciacqualà aveva formato in milioni di anni; i boschi di bambù si alternavano a quelli di pini laperlesi e a quelli di tantissime altre piante che Boh non pensava neppure esistessero. E poi i colori... La luce del sole che aveva da poco rubato la scena alla luna pennellava ogni foglia e ogni ramo come un pittore dispettoso.

Alcuni strani uccelli si erano levati in volo accompagnando quel buffo gruppetto alla casa di Già.

Siccome il piccolo panda nano non riusciva a vedere fuori, stava furtivamente togliendo il tappo di scarico della vasca, per guardare da sotto, senza farsi vedere da Mah che, intanto, guidava con maestria e precisione. Anche se non sei un elfo magico, tutti sanno che non si dovrebbe togliere il tappo a una vasca volante!

Boh se ne accorse e, per non far arrabbiare ancora Mah, e a quell'altezza non era sicuro, lo prese in braccio.

~ Ecco il mio campo di wasabi. Disse eccitato il panda nano, indicando con la sua zampa pelosa un pianoro che si apriva in mezzo agli alberi. ~ Mah, atterra lì.

Una volta completate le procedure di atterraggio, pochi passi li separavano dalla casetta di bambù di Già, davanti alla quale c'era un'amaca. Appena la vide, Mah ci si sdraiò subito dentro, le dita si spensero, i capelli le ricaddero sulle spalle e si addormentò, mentre un sorriso elfico le si disegnava in volto.

~ Vieni, entriamo e lasciamola dormire, ti porto alla dispensa.



Vista da fuori, la casa di Già non era più grande di un normale letto matrimoniale. Dentro era enorme, quasi come un campo da basket. Come quando sei piccolo, e tutto ti sembra enorme, e poi, quando diventi grande, tutto ti sembra normale solo perché non è la prima volta che lo vedi e perdi l'emozione della novità: un'emozione magica.

Sul monte Su-là molte cose erano magiche e la casa di Già non sfuggiva a quella regola.

L'interno della casa aveva soltanto tre colori: bianco, nero e verde wasabi. Bianche le sedie, neri i divani e verdi i mobili. Quadri verdi, cornici nere, luci bianche. Tutto a dimensione di panda nano: basse le sedie, basso il tavolo da pranzo, bassa la cucina e basse le porte, tanto che Boh continuava a picchiare la testa sugli stipiti.



Una camera da letto conteneva trentadue letti a castello, per un totale di sessantaquattro posti letto e un bagno. Boh seguiva il panda nella visita alla casa senza fiatare, anche se il brontolio alla pancia era ormai diventato un concerto di bonghi. Già se ne accorse e decise di saltare le stanze da gioco e la palestra, dirigendosi direttamente alla dispensa.

Quando Già spalancò la porta della dispensa, facendo, al contempo, un largo gesto con le braccia per far vedere il suo tesoro, per poco Boh non svenne.

La dispensa, grande come un camion, era piena di scaffali, tutti contenenti ceste di vimini stracolme di radici di wasabi di tutti i colori, purché verdi, e di tutte le forme, purché a forma di radice di wasabi.

Boh, con un grido che gli stava morendo in gola, svenne per davvero. Bum! Giù per terra come una pera cotta, svenuto, quasi stecchito.

Già ci mise un po' a farlo rinvenire bagnandogli la fronte e le labbra con un panno umido.

- Morirò di fame per aver salvato un panda nano. Disse con un filo di voce.

~ Ma se qui c'è tutto quello che desideri! Esclamò Già.

- Vedo soltanto wasabi e quello che ho mangiato vicino al fiume mi basterà per i prossimi mille anni! Qui non vedo nulla che io possa mangiare: che so, carote, mirtilli, uvette, erba tenera, insalata. Soltanto chili e chili di wasabi. Boh lo disse con la poca energia che gli era rimasta.

Il panda nano allora gli porse un vasetto di vetro, pieno di granelli di sabbia colorata dicendo:

~ Ecco qui c'è tutto quello che vuoi, dovrebbe bastare per cent'anni.

- Un vasetto di sabbia? Mi prendi in giro?

~ Sembra sabbia, ma in realtà sono granelli bomba-gnam: prendi quello del colore che assomiglia di più al cibo che vorresti mangiare, lo metti in un piatto grande e lo bagni con una goccia d'acqua. Poi spostati, mi raccomando. Il granello bomba-gnam, infatti, esploderà trasformandosi in quello che hai pensato.

Boh prese quattro granelli e, senza indugiare, andò in sala da pranzo per depositarli in un piatto grande come la ruota di una bicicletta. Poi mise le quattro gocce d'acqua, dimenticandosi però di spostarsi per tempo.



Risultato, quattrocentotrentadue mirtilli lo colpirono all'occhio destro, una carota gli si ficcò nel naso e un cespo d'insalata più grande di un pallone da calcio lo colpì in pieno petto, facendogli fare un volo di tre metri per poi atterrare sul divano di Già.

Il panda nano rideva come un matto, quasi non riusciva a pensare, lo spettacolo di Boh con una carota infilata nel naso era troppo divertente!

Appena si riprese, e dopo essersi sfilato la carota dal naso, Boh si riempì la pancia a sazietà. Anche Già gli fece compagnia, sgranocchiando wasabi da un cesto che si era preso in dispensa. Soltanto quando l'ultimo mirtillo e l'ultima uvetta sparirono fra le labbra di Boh, i due, cercando di digerire il tutto, uscirono per andare a vedere se Mah dormiva ancora.

Più che dormire, adesso fluttuava. Quando l'avevano lasciata dormiva nell'amaca. Adesso era ad almeno due spanne sopra. Dormiva ancora.

~ È normale che la tua amica voli sopra l'amaca? Chiese Già a Boh.

- Ha fame. Ripose il coniglio.

Allora Boh iniziò a spiegare al panda nano che gli elfi non si nutrono di cibo comune come tutte le creature che conosciamo: gli elfi si nutrono dei sogni non finiti.

I sogni sono delle storie che si formano nella nostra mente.

Quando sogniamo è come se fossimo al cinema a guardare una storia.

Quando è quasi mattino, e sta per suonare la sveglia, di solito stai facendo il tuo sogno più bello perché sei alla fine della notte, più riposato, più rilassato.

È questo il momento dei sogni migliori, ma purtroppo suona la sveglia per andare a scuola, per andare a lavorare o per iniziare una nuova giornata. In quel momento, il sogno viene interrotto ed è allora che arrivano gli elfi e si mangiano la fine dei sogni, perché altrimenti andrebbero sprecati.



- Con lo scombussolamento che hai portato nel bosco fatato vicino a casa mia, Mah è parecchio che non mangia sogni, e quando gli elfi non mangiano da tempo diventano più leggeri dell'aria e tendono a volare via.

~ Quindi se nessuno interrompe più un sogno, gli elfi spariscono? Chiese Già.

- Se tutti smettessimo di andare a scuola, di imparare, di lavorare e vivessimo soltanto di sogni, il mondo si fermerebbe. Ci vuole un giusto equilibrio fra sogno e realtà. Senza sogni non si vive una realtà migliore, e senza la realtà non riusciremmo a sognare.

~ E se mangiano troppi sogni cosa succede? Gli viene la pancia enorme come a noi e fanno pure rutti e…

Boh non lo lasciò finire e disse:

- Quando mangiano troppo si appesantiscono e non riescono nemmeno a camminare; è allora che fanno la cosa più bella del mondo... lasciando un momento di suspense.

- Quando hanno mangiato troppo, trovano un umano a cui la sveglia non ha suonato perché non deve alzarsi o uno che non sta bene, è ammalato e quindi non deve andare a scuola... Oppure, semplicemente, ne trovano uno che non riesce più a sognare. E allora gli elfi cuciono insieme i migliori sogni non finiti per farne uno bellissimo. Poi, senza essere visti, si avvicinano allo sfortunato e gli soffiano dentro il sogno, dandogli un bacio lieve sulla parte senza capelli che c'è dietro all'orecchio. Ecco cosa fanno gli elfi per non ingrassare!

Non c'era tempo da perdere. Boh prese Già in braccio e con tutta la velocità conigliesca che le sue zampe gli concedevano si diressero al villaggio degli umani Di-là.

Ogni casa del villaggio aveva un pollaio con almeno un gallo.

Non stava ancora albeggiando quando Boh, con in braccio Già, passò vicino a ogni pollaio in modo tale da mettere Già in comunicazione telepatica con ogni gallo, convincendolo a cantare a squarciagola.

In questo modo, tutto il villaggio fu obbligato a svegliarsi: i sogni di ognuno furono interrotti e Mah si poté nutrire a sazietà.

# CAPITOLO QUARTO

# Sciòlà e gli Spialì

Tutto quel cantare di gallo aveva svegliato anzitempo l'intero villaggio Di-là, e non solo.

L'eco dei chicchirichì si era propagato di valle in valle, contagiando i galli dell'intera provincia fino a raggiungere il monastero dei monaci Yamashi, destandoli da sogni profondi.

Non c'era villaggio, fattoria o casupola isolata dove una tenue luce di lanterna non fosse stata accesa per iniziare una nuova giornata, magari con qualche ora d'anticipo.

Gli abitanti, ancora assonnati, non si erano resi conto che i

galli avevano cantato anzitempo grazie al trucco di Già.

Tutti si erano appena svegliati ed erano ancora intorpiditi dal sonno: tutti, tranne una persona. Sciòlà, la strega guardiana dei campi di wasabi, era sveglia da ore; anzi, non aveva chiuso occhio da quando uno dei suoi emissari era rientrato con una notizia tanto importante quanto inquietante.



Gli uccelli che avevano accompagnato il volo della vasca da bagno resa magica da Mah non erano poi così tanto belli, né bravi... A guardarli bene, si poteva vedere che gli artigli delle zampe erano troppo lunghi e sgraziati e le loro piume, nere come il buio, non riflettevano nemmeno la luce bianca della luna.

E poi c'erano gli occhi. Occhi di bragia li avrebbe definiti un poeta di un tempo che fu: gialli e rossi, vibravano di una luce simile a quella delle fiamme di un falò acceso per dispetto.

Solo Già li avrebbe potuti riconoscere, ma aveva passato la maggior parte del tempo sul fondo della vasca, senza riuscire a vederli.

I temibili uccelli Spialì erano gli emissari della strega Sciòlà.

Volavano giorno e notte per sorvegliare e riferire ogni cosa alla loro padrona, che li ricompensava nutrendoli con code di serpenti appena nati e strilli di bambini soli. Sciòlà si divertiva a spaventare i bimbi soli, per poi mettere le loro grida di paura in una borsa speciale...

Sciòlà era seduta sulla sua poltrona fatta di pelle di serpente e parlava con Kù, il capo dello stormo di Spialì.

Kù era il più temibile, grande come un'aquila, cattivo come un condor e più veloce di un falco.



Sciòlà, mentre parlava, giocherellava con tre sassolini che teneva nella mano destra.

- Hai detto che un panda nano, un coniglio e uno strano essere rosso di capelli stavano volando dentro a una vasca da bagno?

- Sì. Rispose secco Kù.

Uno dei sassolini decollò fulmineo dalla mano di Sciòlà colpendo Kù sulla zampa destra.

- Kraaaaaaah!! Fece Kù.

- Non venirmi a raccontare frottole o ti rinchiudo nelle prigioni del monastero a mangiare miglio come un comune passerotto!

- Mia Signora, ti prego, sto dicendo la verità! A un certo punto il coniglio ha preso in braccio il panda nano e ho potuto vederlo bene: le macchie intorno ai suoi occhi erano una nera e una verde. Verde wasabi!

- Già! Esclamò Sciòlà.

- Quel ladro di un panda nano! Per tutte le radici di wasabi, è tornato! Come caspita avrà fatto? Fece la domanda più a se stessa che a Kù, che la guardava ancora intimorito grattandosi con il becco la zampa dolorante.



- È ora di porre fine a questa storia; le nostre piantagioni di wasabi stanno rendendo tanti soldi e non ci possiamo permettere la concorrenza di quell'insignificante panda.

E, dicendo questo, indossò il cappotto fatto di scaglie di drago nero, che le permettevano di correre come una lippa invisibile per i boschi, e si diresse a gran velocità in direzione del monte Su-là.

Nel frattempo, al villaggio Giù-là…

~ E adesso cosa facciamo? Chiese Già perplesso e felice per lo scompiglio che avevano combinato.

- Adesso Mah si starà sicuramente saziando di sogni non finiti. Gli rispose Boh.

~ Sì, ma adesso noi che cosa facciamo? Ripeté Già.

- Facciamo come fanno tutti quelli che hanno appena fatto una cosa stupida: scappiamo!!



Il villaggio era già completamente sveglio e, alle prime persone che occupavano la strada con carretti e merci, non erano sfuggiti i due strani personaggi. Un coniglio parlante che, all'apparenza, parlava da solo guardando un panda nano. Certo, i panda abitavano i boschi vicino al villaggio, ma quelli nani non si erano mai visti gesticolare in quel modo con un coniglio.

Boh si rese presto conto che stavano attirando l'attenzione degli abitanti del villaggio, perciò non perse tempo e, prendendosi Già sulle spalle, si mise a correre verso il monte Su-là e la casa di Già.

Non vedeva l'ora di ritrovare la sua amica Mah.

Purtroppo per loro la strega Sciòlà li aveva preceduti e il forte odore di wasabi bruciato non prometteva nulla di buono.

La casetta di Già era ridotta in cenere. Fra le macerie si intravedevano due dei sessantaquattro letti, i resti del tavolo da Ping-Pong, le ceste carbonizzate di wasabi e un frammento del quadro che ritraeva Già con i suoi genitori.

Boh era rimasto senza parole, sprofondato nell'amaca vuota che profumava ancora di Mah.



Dell'elfo amico di Boh non c'era traccia.

Già, seppur disperato, si rese conto che Boh aveva perso molto di più di una casa e di una dispensa piena di wasabi. Fissava la desolazione negli occhi di Boh.

Miracolosamente, il vasetto di bomba-gnam era rimasto illeso; Già lo raccolse e si avvicinò a Boh.

~ Guarda il lato positivo, la tua pancia è salva. Disse Già con un sorriso forzato.

- Ho perso molto più di te in questa avventura… Io me ne stavo tranquillo a casa mia, coltivavo il mio orto di carote e chiacchieravo la sera con Mah, la mia migliore amica. Adesso mi ritrovo in un paese straniero, non so se tornerò mai a casa, ho perso per sempre Mah e per di più parlo con una palla pelosa!

E, mentre lo diceva, affondava sempre di più la faccia nelle lunghe orecchie.

Già non colse la battuta cattiva sulla palla pelosa, che era lui. A guardare bene i panda si direbbe che non conoscano la tristezza, ma è solo una maschera che la natura gli ha fatto e che li aiuta ad affrontare tutte le difficoltà.

~ Sono consapevole dei guai che ti ho procurato, ma io sono nato da panda normali, sarei dovuto diventare come loro, ma non avevo entrambi gli occhi bordati di nero e non mangiavo bambù. Quando sono rimasto solo, gli altri panda mi hanno emarginato, ma io non mi sono perso d'animo; prima rubavo il wasabi e poi il saggio Oh ha fatto in modo che io imparassi a coltivarlo da solo. Anche io vivevo tranquillo, fino a che una mattina non mi sono svegliato in un bosco di alberi ammattiti.



Boh lo ascoltava immobile.

~ Adesso diamoci una mossa e cerchiamo prima Mah e poi la mia amica Lì.

- Qui mi sembra che, invece di trovare i nostri amici, li perdiamo! Esclamò Boh. Con le orecchie così lunghe che quasi toccavano per terra… Si sa che ai conigli tristi si allungano le orecchie.

Già approfittò della situazione e, afferrate le orecchie con entrambe le zampe, si lanciò sulle spalle di Boh.

~ Forza pelandrone e frignone di un coniglio, inizia a correre e ti dirò dove andare.

Boh restò soltanto qualche secondo ancora a pensare e poi si lanciò a velocità conigliesca giù dal monte Su-là.

La puzza di miglio marcio era veramente forte. Mah, nonostante avesse parecchi poteri elfici, in quel luogo non riusciva ad accendere nemmeno il mignolo della mano destra. Poteri azzerati. In quel momento, più che un elfo, assomigliava a una normale ragazza con i capelli rossi e la pelle bianca che, ormai, non luccicava nemmeno più.

La prigione degli Yamashi era protetta da un maleficio della strega Sciòlà che impediva ogni altro tipo di magia, comprese quelle elfiche. Le restava soltanto la capacità di parlare tutte le lingue che conosceva. Pertanto, appena vide un piccolo topino nell'angolo della cella, gli rivolse subito la parola in topese laperlese.

- Dove mi trovo? Chiese alla bestiola.

- A casa mia! Rispose squittendo.

- Questo l'avevo capito, ma non puoi essere più preciso?

- Non sono mica un maschio! Esclamò il topo, mettendosi dritto sulle zampe posteriori.

- Pure un topo permaloso mi doveva capitare. Pensò Mah fra sé e sé.

- Ok, signora topessa, dove è casa tua?

E così, Se, così si chiamava la topessa, le disse che si trovava nelle prigioni della strega Sciòlà: da lì nessuno era mai uscito, se non sotto forma di panino per le bestie malefiche e schifose che lavorano per la strega Sciòlà.

Se, viveva in un pertugio delle prigioni assieme al suo amico Squì; i due topolini avrebbero tenuto compagnia a Mah durante i giorni di prigionia.

Io ho amici potenti. Disse Mah a Se. - Vedrai che mi troveranno, ma noi dobbiamo aiutarli. Concluse Mah risoluta. Poi iniziò a spiegare alla topessa cosa avrebbe dovuto fare per aiutarla a fuggire.

Se qualcuno avesse avuto l'opportunità di guardare negli occhi Boh mentre partiva a tutta velocità, con Già sulle spalle, forse avrebbe scorto lo sguardo di un lupo cacciatore e non gli occhi di un coniglio triste.

# Alla ricerca di Mah



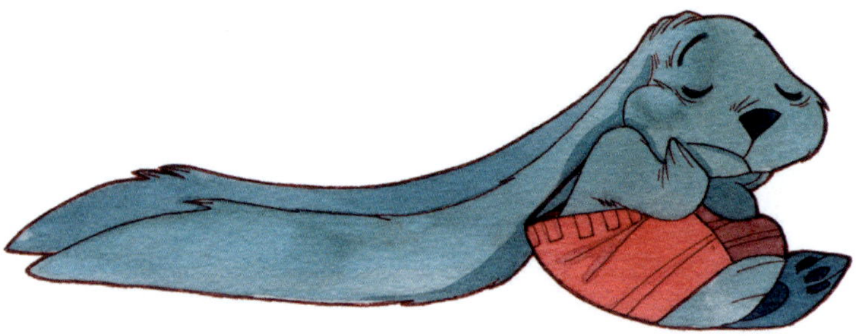

La piccola-grande casa di Già bruciava ancora. Il pavimento della sala era ancora una coltre di braci fumanti, tutte le cose che aveva costruito e accumulato in tanti anni erano distrutte per sempre, ma l'unica cosa che al panda nano importava in quel momento era salvare Mah, la migliore amica di Boh.

Aggrappato alla schiena del coniglio, non era per nulla turbato da quello che aveva visto e per quello che aveva perso: le cose si ricostruiscono, i sentimenti spezzati no.

Già aveva da tempo il sospetto che l'amicizia fra Boh e Mah fosse qualcosa di più e, adesso, il suo compito era quello di aiutare l'amico, che lo aveva salvato con una carota nero-buio-salta-là, a ritrovare Mah.

Boh, una volta raggiunta la base del monte Su-là, si fermò per riprendere fiato e per chiedere a Già indicazioni precise sul percorso che li avrebbe portati da Mah.



Il panda era sceso dalla schiena di Boh e sedeva nella posizione del fiore di loto, con gli occhi fessurati: sembrava che dormisse.

Il coniglio non osava destarlo e si sedette a sua volta, appoggiandosi al tronco di un albero e fissando un bruco che si stava faticosamente arrampicando.

Dopo un tempo che parve spropositatamente lungo, Boh, spazientito, iniziò a fare dispetti al bruco usando un legnetto per ostacolargli la salita sul tronco.

~ Lascia stare Cò, altrimenti non mi dice quello che ha visto poche ore fa. Trasmise Già a Boh in modo telepatico.

- Chi, cosa, Cò? Rispose il coniglio e, non avendo ricevuto risposta, rincarò chiedendo di nuovo.

- Chi? Cò? Chicò? ChiChi? Chicchirichì! E, mentre lo diceva, muoveva il collo come una gallina, tenendosi le zampe anteriori dietro alla schiena e saltellando in cerchio intorno al panda.

~ Tu devi aver mangiato troppe carote sciocco-sì. Lo interruppe Già. Se ci fosse stata qui Mah avresti visto almeno quattro dita accese...

Al solo sentir pronunciare il nome di Mah, Boh si fermò e, con aria triste, guardando il panda che ormai aveva riaperto gli occhi, rispose:

- Scusa, ma non ho capito che cosa hai detto. Noi conigli parlanti siamo un po' burloni per natura.

Sempre nella posizione di meditazione, Già riprese a parlargli nella testa con estrema pazienza.

~ Cò è il bruco che stavi torturando: ti avevo detto che riesco

a comunicare con tutte le creature, no? E lui è l'unico modo per sapere se qualcuno ha visto Mah o se è successo qualcosa di strano nelle ultime ore.

- Ma tu non avevi anche detto che potevi comunicare direttamente anche con Mah a distanza? Non è più semplice?

~ Non ci riesco, è come se il pensiero di Mah fosse prigioniero in un luogo dove io non posso penetrare, pertanto è da quando siamo partiti da casa che sto cercando qualcuno con cui parlare. Sembra che siano scappati tutti e Cò è l'unico con cui sono riuscito a mettermi in contatto fino ad ora. L'unico problema è che il bruchese laperlese non è così semplice da capire; ogni volta che dicono qualcosa, infatti, i bruchi ripetono ogni consonante della parola tante volte quante sono le loro zampe.

- Fammi un esempio. Chiese Boh.

~ Dddi alll ccconnniggglllio dddi sssmmmettterrrllla.[1]

- Ho smesso. Disse risoluto Boh.

~ Cò dice che qualche ora fa ha intravisto fra le cime degli alberi uno stormo di uccelli Spialì con al centro una scatola di biscotti danesi volante cavalcata dalla strega Sciòlà.

Boh era stranamente pensieroso, non parlò per qualche minuto e Già lo lasciò riflettere in pace. Alla fine chiese:

- Chiedi al bruco come fa a essere così sicuro che la scatola fosse di biscotti.

La risposta non tardò ad arrivare.

~ Pare che sua zia Cà ci fosse stata una stagione intera in una scatola simile, lasciata da alcuni umani in gita nei boschi.

Plausibile. Pensò Boh, e poi riprese a parlare ad alta voce.

- Gli elfi odiano i dolci troppi dolci, anche perché lo zucchero in eccesso blocca i loro poteri elfici.

Non c'è biscotto dolce più dolce dei biscotti danesi fatti di burro, farina e zucchero, ricoperti di zucchero e spalmati di glassa di zucchero. Manco fossero delle carote dolci succhia-lì, che Mah detestava.

1 N.d.R. di Bosco Fatato: per comodità di lettura, il bruchese laperlese è stato trascritto con 3 sole consonanti. La corretta trascrizione fonetica prevederebbe 16 consonanti.

~Adesso si spiega tutto. Disse il panda.

Nella scatola di biscotti danesi era prigioniera Mah, impossibilitata a usare i suoi poteri e in balia della strega Sciòlà.

~ Sicuramente l'hanno portata al monastero Yamashi: lì hanno una stanza di zucchero e tutto intorno scorrono fiumi di miele.



- Allora andiamoci subito! Esclamò Boh.

~ Semplice non è. Rispose Già, sentendosi un vecchio saggio.

- Non mi interessa quanto può essere difficile, dobbiamo trovare Mah e salvarla da quella strega Sciscio!

~ Sciòlà!

- Cosa?

~ Si chiama Sciòlà e non Sciscìò. Rispose Già.

- Sì, Già, Sciò!

~ Io sto, non sciò!

La discussione stava prendendo come al solito una brutta piega e così, inaspettatamente, il bruco Cò prese due pere Nashi e, usando quattro delle sue sedici zampe, colpì in pieno e con grande precisione la capoccia pelosa di Già e il buffo naso di Boh.

Eviteremo in questa sede di trascrivere in bruchese laperlese la sgridata che i due si presero da Cò che, in buona sostanza, li esortò a rimettersi subito in viaggio.



÷

Dopo aver finito di mangiare il resto della pera Naschi che gli si era incastrata nel naso, Boh chiese a Già il motivo della sua preoccupazione per raggiungere il monastero Yamashi.

~ Il monastero sorge in cima a una parete rocciosa: da una parte il mare sempre in tempesta, dall'altra la foresta Kù.

- E che sarà mai! Esclamò Boh.

- Salta su e, a velocità conigliesca, lo raggiungiamo in un attimo, lecchiamo la serratura di zucchero della prigione di Mah, la carichiamo in spalla e scappiamo.

~ Per attraversare la foresta Kù senza perdersi bisogna superare le tre porte Yamashi. Soltanto dopo anni di studio e di pratica i giovani monaci riescono a passare indenni. Noi siamo un coniglio e un panda nano senza esperienza, concluse Già.

- Non c'è prova che un coniglio parlante e un panda nano non possano superare! E poi io so qualche trucco che ci potrà tornare utile. Salta su, stringiti forte e indicami la via.

# Intermezzo



- Ciao, che cosa ci fai sveglia a quest'ora? Chiese Nò, il più grande fra i pini in cima alla collina, alla gufetta Lì appena la sentì posarsi sul suo ramo più basso.

- Sono venuta a cercare il mio amico Già.

- Già? Ripetè Nò.

- Sì, mio caro Nò, sto cercando il mio amico Già; ho fatto tanta strada e sono stanca, ma un fiume mi ha assicurato che il mio amico deve essere qui da qualche parte.

- Già, e come sarebbe fatto questo tuo amico? È una pianta, un animale oppure un umano?

- Già è Già, basta la parola e tutti dovrebbero conoscerlo, perché dove viviamo noi è molto famoso e buffo.

A quelle parole il vecchio pino Nò iniziò a insospettirsi e qualche goccia di resina cadde nel prato sottostante. Poi proseguì con le domande alla gufetta.

- Allora, mi vuoi dire qualcosa di più?

- È molto riflessivo, ha studiato molto, conosce tante cose ed è un ottimo coltivatore di wasabi.

- Questo mi fa molto piacere ma... Non puoi essere un po' più precisa?



Mentre il pino Nò e la gufetta Lì stavano chiacchierando, altri alberi del bosco si avvicinarono per ascoltare quella strana discussione. Un tiglio di una decina d'anni si era messo sotto al pino sputacchiando la resina che gli colava in testa, due robinie erano appena arrivate dal greto del torrente e sbadigliavano apertamente; infine, un gigantesco cespuglio di ortensie con cento fiori colorati era strisciato silenzioso al limitare della radura.

- È poco più grande di me, è peloso e, quando mi guarda con gli occhi spalancati come melograni, rido come un barbagianni! Continuò Lì nel descrivere il suo amico.

Il barbagianni, che soltanto da un paio di giorni aveva smesso di correre per la radura come una gallina, si sentì preso in giro e svolazzò indignato sul grande faggio, pronto a lamentarsi.

- Non è che abbiamo tutta la giornata! La interruppe Nò.

A questo punto molte delle piante si erano radunate attorno al vecchio pino Nò; anche il solitario salice piangente, con fare indifferente, aveva smesso di piangere per poter meglio ascoltare.



Il silenzio era surreale, totale. Il torrente aveva fermato l'acqua che, rimanendo stagnante, iniziava a puzzare. Tutti gli occhi, le foglie e i fiori del bosco erano in attesa di capire chi fosse l'amico di Lì.

- Insomma... Riprese la gufetta. - Il mio amico Già è un panda nano! Esclamò felice.

In men che non si dica si scatenò un putiferio, peggio di quando era apparso il panda nano in persona.

Nò, indietreggiando, colpì con i suoi aghi il vecchio faggio Giò che, per evitare di cadere, si aggrappò alle robinie, piene di aculei. Giò si mise allora a strillare così forte che il salice iniziò a ridere come un matto scuotendo la chioma e facendo volar via i soliti dodici gufi che andarono al solito bar a farsi dodici caffè.

Il vigile arboreo non tardò ad arrivare, richiamato da tutti quegli schiamazzi; soltanto dopo una buona mezz'ora si poté finalmente sedere, sfilarsi il fischietto di bocca e bersi una limonata.

Solo allora si rivolse a Lì che, per tutto il tempo, era rimasta saldamente aggrappata alla paletta da vigile.

- Ma si può sapere cosa ti è saltato in mente, stolta di una pennuta? Disse arrabbiato il vigile arboreo.

- Ma io volevo soltanto sapere se avevate visto Già, il mio amico, il pan...



Non aveva fatto in tempo a dire «panda nano» che il vigile le aveva messo prontamente la mano sul becco, impedendole di continuare.

- Tu e quell'orsetto peloso mi volete morto?

- Ti prego, aiutami, io devo ritrovare il pan... Scusa, devo ritrovare il mio amico Già.

E così il vigile arboreo l'accompagnò a casa sua per offrirle biscotti e una tazza di tè, e per raccontarle la storia di come Già era arrivato e ripartito.

- Sono disperata! Fece Lì coprendosi il volto con l'ala ancora fasciata.

- Come farò a tornare a Laperlì?

Il vigile ci pensò un po' su e alla fine decise di portare Lì dalle uniche figure che forse l'avrebbero potuta aiutare: Và e Là, le zie di Mah, che lui conosceva bene.

- Vieni, saliamo su quel platano. Ormai è l'unico tipo di albero rimasto in città. Ci sposteremo con lui e nessuno ci noterà.

La gente di città pensa solo ai fatti propri, non si accorgerà mai di un platano che vaga per le strade.

# La foresta di Kù

- Ho una fame da lupo. Disse Boh sedendosi su un sasso piatto e aiutando Già a scendere dalla sua schiena. E, mentre lo diceva, si rese conto dell'errore.

Già lo stava fissando con sospetto, occhi negli occhi.

Nel momento in cui Già stava per chiedergli come facesse a conoscere la fame dei lupi, Boh iniziò a saltellare in tondo facendo gran voce.

- Ho fame! Ho fame! Pappa! Cibo!

~ Ma tu sei proprio matto! Fra tutti i conigli parlanti che mi

potevano capitare, dovevo incontrare proprio te?

- Sono l'ultimo. Disse a bassa voce Boh e, mentre lo diceva, le orecchie gli si allungarono.

Boh, infatti, era rimasto l'ultimo della sua specie, ma non poteva rivelare questo suo segreto a Già: lo aveva promesso ai suoi genitori.



Il saggio Già tirò fuori da una tasca segreta che aveva nel pelo un tavolo e due sedie, non più grandi di una ciliegia.

~ Dai mettiamoci a tavola. Disse Già indicando le due sedie minuscole e il tavolo altrettanto piccolo.

- E quello matto sarei io? Allora tu sei doppiamente matto, se pensi che io mi riesca a sedere su una sedia così piccola. E, mentre lo diceva, Già iniziò a roteare l'occhio bordato di verde finché una lacrima cadde sulle sedie e sul tavolo. Di colpo, sedie e tavolo divennero di dimensioni normali; siccome però Boh, per prendere in giro Già, aveva provato a sedersi sulla sedia minuscola, nel momento in cui questa divenne grande colpì il sedere di Boh, sparandolo a mo' di catapulta. Già, però, stava un po' esagerando con le sue lacrime ingrandenti e ora i mobili erano giganteschi: Boh si ritrovò perciò aggrappato allo schienale della sedia, a più di dieci metri di altezza.

~ Scendi che mangiamo.

- Non ci penso nemmeno a lanciarmi da questa altezza! Mi sfracello!

~ Buttati! Ti prendo io!

- Ma stai scherzando? Palla pelosa che non sei altro! Trova un altro modo per farmi scendere!

Presto detto, Già estrasse dalla sua strana tasca una fionda, vi mise dentro un sassolino e mirò il sedere di Boh. Appena venne colpito, più dalla sorpresa che dal dolore, Boh lasciò la presa facendo un volo di dieci metri; la caduta l'avrebbe sicuramente ucciso, se non fosse atterrato sulla pancia morbida di Già, che attutì completamente il colpo. Boh era rimasto stupito dalla morbidezza della pancia di Già e, ancora lì sdraiato, la stava accarezzando dolcemente.



~ La pianti di accarezzarmi la pancia? Disse Già, quasi ridendo.

- Spiegami la storia della lacrima e della tasca segreta. Chiese Boh incuriosito non appena finirono di mangiare.

~ È tutta colpa del wasabi. Sui panda nani ha strani effetti. Per esempio, una lacrima dell'occhio bordato di verde ingrandisce le cose, invece quella dell'occhio bordato di nero le accelera.

- E la tasca segreta cosa contiene?

~ Segreti. Rispose Già senza aggiungere altro a riguardo e proseguì:

~ Manca poco alla prima porta della foresta di Kù: lasciamo qui tavolo e sedie e proseguiamo.



Per superare indenni la foresta di Kù, Boh e Già avrebbero dovuto superare tre porte.

La prima porta non aveva proprio la faccia di una porta; sembrava piuttosto il groviglio dei rami di una mangrovia gigante, intrecciati su se stessi a formare un arco.

Un arco al centro di un boschetto di betulle.

- Ma non serve passarci dentro, vedi, basta girarci intorno! Esclamò Boh.

~ Non tutto quello che sembra facile lo è. Se ci giri intorno resterai sempre nello stesso bosco di betulle, se invece ci passi dentro avanzerai nella foresta di Kù. Disse Già incamminandosi verso l'arco e girandosi verso Boh per suggerirgli:

~ Ricorda Boh, cerca di vedere invece di guardare. E, così dicendo, sparì.

Boh restò lì a guardare l'arco di rami che aveva fatto sparire il suo amico. Indeciso sul da farsi, girò ancora una volta intorno all'arco senza vedere traccia del panda nano. Si fece forza e, non appena posò con cautela una zampa sotto l'arco, la vide sparire.

Spaventato, fece per ritirarla al sicuro, ma venne risucchiato all'interno dell'arco.

Il buio lo avvolgeva e si sentiva cadere nel vuoto. Il vento gli faceva piegare i lunghi baffi all'indietro a mano a mano che acquistava velocità. La luce apparve prima debole, per poi irrompere nella scena.

Stava letteralmente volando sulle cime di un bosco di ciliegi in fiore.

Stranamente non aveva paura di cadere e si rese subito conto che muovendo le zampe anteriori come un uccello riusciva a curvare e a planare, sollevando nuvole di fiori.

Essere un coniglio parlante gli piaceva e ci aveva fatto l'abitudine, ma volare era tutta un'altra cosa.

A memoria di carota non si era mai sentito parlare di conigli volanti.



L'unico problema erano le orecchie che, sbatacchiando, facevano un rumore di cuscini sbattuti.

~ Il rumore delle tue orecchie risveglierà Kù. Gli disse nella mente Già.

Il panda nano stava volando in formazione di fianco a Boh, il quale, appena lo vide, perse l'equilibrio andandosi a schiantare sull'albero più fiorito della foresta.

- Ahia! Che Botta! Etciù! Fece Boh, starnutendo una ventina di fiori dal naso.

Già atterrò di fianco a lui, faticando a trattenere un sorriso.

- Mi vuoi spiegare come facevo a volare? Ma, soprattutto, mi spieghi come una palla pelosa senza ali possa volare?

~ È tutto normale Boh, siamo nella prima porta della foresta di Kù. Ogni porta contiene al suo interno un'altra foresta e, per superare la porta, bisogna trovare l'uscita da ogni foresta.

- Ho capito, ma adesso come facciamo a uscire da qui? Non ci sono indicazioni e manca la luce del sole, questa luce non so da dove venga. Io, come tutti gli animali, mi so orientare soltanto con il sole e con le stelle. Qui mancano entrambi.

~ Prima di entrare ti ho detto una cosa importante: devi vedere l'uscita, non serve guardare e basta. E, detto questo, Già allargò le sue zampe pelose spiccando il volo.



Boh non aspettò questa volta e fece subito lo stesso, ritrovandosi in men che non si dica al fianco di Già. I due volarono in giro per un po' di tempo, finché Boh non interruppe il silenzio.

- Io qui vedo soltanto alberi di ciliegio, più giriamo e più alberi vedo, di uscite manco a parlarne.

~ Tu guardi gli alberi senza vedere la foresta. La foresta ti vuole parlare e tu non l'ascolti. Di più non posso aiutarti. Disse secco Già, spazientito.

Boh fece allora un ampio giro salendo di quota, ma non vide nulla. Manovrando la coda si alzò di altri cinquanta metri e finalmente vide: la foresta di ciliegi aveva la forma di

una freccia che indicava, evidentemente, l'uscita.

Appena uscirono dalla porta della foresta di ciliegi, Già si rivolse a Boh prima che lui potesse fare domande.

~ Hai superato la prima delle tre prove della foresta di Kù. Ma non puoi accedere al monastero Yamashi e pensare di salvare Mah se prima non le hai superate tutte. Non c'è tempo da perdere! Raggiungiamo la prossima porta prima che qualcuno si accorga della nostra presenza.



Inutile nascondersi; la strega Sciòlà era già al corrente della loro presenza e sospettava che stessero arrivando per liberare quella strana creatura che aveva messo nella sua prigione di zucchero. Le era bastato consultare il grande libro degli esseri magici per scoprire che Mah era un elfo e, soprattutto, cosa bloccava i poteri elfici: le cose troppo dolci.

Il suo obiettivo non era certo un elfo, voleva togliere di mezzo per sempre quell'odioso coltivatore abusivo di wasabi. Lei odiava i panda nani.

Dopo un pericoloso passaggio lungo un sentiero a picco sul

canyon del fiume Sciacqualà (uno dei fiumi più lunghi di quella regione), Boh e Già raggiunsero la seconda porta della foresta di Kù.

- Ma questa è una vera porta! Esclamò Boh stupito.

In effetti, la seconda porta era proprio come uno se la immagina: maniglia, serratura, cardini e un bel pannello di noce a disegnarne i contorni.

~ E cosa ti aspettavi?

- Che ti devo dire... Una cosa strana, un portale, un buco, non so... Un qualcosa di cui stupirsi!



Già lo stava guardando con indifferenza e, mentre lo faceva, la porta si aprì da sola.

- Ecco, questo intendevo: una porta magica che si apre da sola.

~ Veramente c'è corrente e si è aperta per quello... Dai, entriamo. Disse il panda facendo per entrare.

- Aspetta, non mi dai nessun suggerimento questa volta?

Già lo fissò perplesso e, portandosi una zampa alla fronte, si fece serio e disse:

~ Giusto: alle volte per ottenere il buono e il giusto devi sommare lo sbagliato e il cattivo. E, detto questo, varcò la soglia.

Boh questa volta non esitò e varcò la soglia subito dietro al suo amico peloso.

Anche questa volta il buio era quasi totale, fatta eccezione per una lampada a petrolio che rischiarava a malapena pochi centimetri intorno a sé. La lampada era posizionata su un vecchio tavolo fatto di assi logore; accanto, tre pietre colorate scarsamente illuminate: una rossa, una blu e una gialla.



Con quel buio Boh aveva perso di vista Già e, nonostante lo chiamasse a gran voce, del panda nano non c'era traccia. Pensare di esplorare quel luogo senza luce non era possibile, così il coniglio decise di prendere la lampada. Questa pareva saldamente incollata al tavolo e, nonostante Boh ci mettesse forza e volontà, non si spostava di un millimetro.

Boh non si perse d'animo e iniziò a studiare la lampada e le pietre intorno.

In breve tempo si rese conto che sulla sommità della lampada c'era un buco con la forma esatta delle pietre; decise perciò di prendere quella rossa e di posizionarla nella cavità.

Di colpo tutto si illuminò di sfere infuocate che saettavano intorno a Boh, finché una, la più grande e la più rossa delle altre sfiorò la sua coda, dandole fuoco.

- Bruciaaa! Gridò Boh saltellando come un matto e cercando di spegnere il principio d'incendio che presto gli avrebbe bruciato tutto il pelo. Capì subito che la mossa più giusta da fare era togliere subito la pietra dalla lampada. E così fece. Le palle infuocate sparirono e il buio riprese possesso di quel luogo.



Ancora con il sedere dolorante e con un certo timore avvicinò la pietra blu alla lampada.

Non appena la pietra si posizionò nell'apertura, tutto si illuminò di un azzurro intenso.

Boh stava quasi per sorridere soddisfatto, quando si sentì bagnare le zampe posteriori, prima da un piccolo rigagnolo d'acqua e poi da un vero e proprio fiume in piena.

Fece appena in tempo ad aggrapparsi al tavolo che l'acqua già ne lambiva la superficie. Ci mise tutta la forza che aveva per restare aggrappato e, al contempo, cercare di riuscire a togliere la pietra blu dalla lampada.

Ogni tentativo falliva a causa delle onde enormi che schiaffeggiavano il coniglio, che ormai era allo stremo delle forze.

Soltanto un provvidenziale momento di quiete fra un'onda e l'altra gli permise di far saltar via con un calcio la pietra, che rotolò sul tavolo bagnato.

Non osava provare la terza pietra, quella gialla, e così decise di sdraiarsi sul tavolo a riflettere.

Nulla non gli veniva in mente nulla, se non provare per l'ennesima volta a chiamare Già. Silenzio assoluto.

Alla fine, si decise a infilare la pietra gialla.

Per un po' di tempo non successe nulla; percepiva però uno strano odore animale... Di animale africano, per la precisione.

Ai suoi occhi, ormai abituati alla penombra, non sfuggì una piccola macchiolina gialla che si era depositata sul tavolo, seguita subito da una seconda e da una terza, leggermente più grandi.

Boh infilò un polpastrello nella seconda e, quando lo sollevò dal tavolo, si formò un lungo filo appiccicoso. A quelle prime tre presto si susseguirono altre goccioline e gocciolone: una pioggia giallastra e appiccicosa che emanava un odore nauseabondo.

- Muco! Esclamò Boh.

- Muco giallo di cammello!

Subito gli venne in mente la filastrocca che il suo amico Lò, un lombrico terricolo, gli cantava sempre mentre aerava il campo di carote: «Quant'è buono, quant'è bello lo scaracchio del cammello, verde giallo appiccicoso e anche un po' filamentoso».

Quello era divertente, ma questo era vero, e proprio schifoso!

E come le altre due volte, in uno zic, tutto iniziò a riempirsi di pus nasale cammellifero. Gli veniva da vomitare, doveva per forza togliere la pietra gialla dalla lampada.



Il vero problema era che, ormai, la sostanza mocciolosa gli era arrivata alla vita e Boh faticava a muoversi; quelle prove lo stavano davvero sfinendo... Nonostante lo schifo dilagante, però, gli venne fame; avrebbe voluto avere per le mani una di quelle bombe-gnam di Già e una goccia d'acqua.

Quando le due cose si sommavano la cena era assicurata.

A quel pensiero si ricordò anche delle ultime parole di Già prima di varcare la soglia della seconda porta: due cose cattive, se sommate, possono portare del buono.

E così, invece di provare a togliere la pietra gialla, con un ultimo sforzo agguantò la pietra blu e, con una mira perfetta, la lanciò sopra a quella gialla, creando una forte luce verde.

La luce illuminava un varco fra due alberi: quella era la via d'uscita.

- Ma si può sapere dov'eri? Prima stavo per prendere fuoco, poi annegando e, infine, per essere ucciso da del moccio putrido!

~ A me non serviva entrare, io ho già sostenuto le tre prove della foresta di Kù. Disse Già con estrema naturalezza.

Nel momento in cui Boh stava per replicare, il panda nano lo fermò con una zampa, dicendogli che ogni spiegazione avrebbe avuto il suo tempo. Ora dovevano recarsi alla terza e ultima porta.



- Ma, secondo te, io come faccio a passare da quella porta? Nemmeno un grillo nano ci riuscirebbe! Disse indispettito Boh.

In effetti la porta era veramente piccola, non più alta di un nocciolo di pesca.

Mentre Boh parlava a vanvera come al solito, Già, alla chetichella, si stava già allontanando da lui. Non fece in tempo; Boh, infatti, aveva già capito come entrare e gli lanciò della sabbia nell'occhio bordato di verde, per provocare una lacrima magica e poter ingrandire la porta.

~ Ma per tutti i panda rossi del pianeta! Ma che modi sono mai questi!

C'era modo e modo, pensò Già, di farlo lacrimare!

La foresta all'interno della terza porta della foresta di Kù era veramente paurosa. Piena zeppa di alberi fossili, tetri, neri e spaventevoli. La poca luce proiettava le ombre dei rami secchi, che sembravano braccia pronte a ghermirti, e le spine unghie e bocche con denti voraci.

Boh aveva il pelo sulla schiena dritto dritto e si muoveva piano e circospetto.

Un vento colloso faceva scricchiolare i rami, creando suoni sinistri e paurosissimi.



Per fare un singolo passo, a Boh sembrava di metterci un sacco di tempo: tutto si muoveva piano, denso, melmoso. Ci mise un tempo lunghissimo per schivare un ramo spezzato che si era staccato da un alto albero morto, e che rischiava di colpirlo. Nulla: la velocità era bandita in quella foresta.

Più aveva paura, più si muoveva piano e più la paura aumentava.

Cercò di pensare con lucidità, aveva superato le prime due porte, non si poteva arrendere proprio adesso.

Decise di fermarsi e pensare, pensare a cose felici: al suo campo di carote, al volo sopra alla foresta di ciliegi, alla sua amica Mah.

E più aveva pensieri felici, più i suoi movimenti acceleravano.

In effetti, quando fai una cosa che non ti piace il tempo non passa mai; se, al contrario, ti stai divertendo e stai bene, il tempo passa in un zic.

Solo continuando ad avere pensieri felici Boh poté esplorare l'intera foresta fino a trovare la via d'uscita; ci era riuscito, e questa volta senza l'aiuto di Già.

I due si trovavano adesso alla fine della foresta di Kù, avevano superato le tre porte e le tre prove, il monastero Yamashi era oltre il ponte sospeso. La libertà di Mah era finalmente vicina.

• CAPITOLO SESTO •

# La prigione di Mah



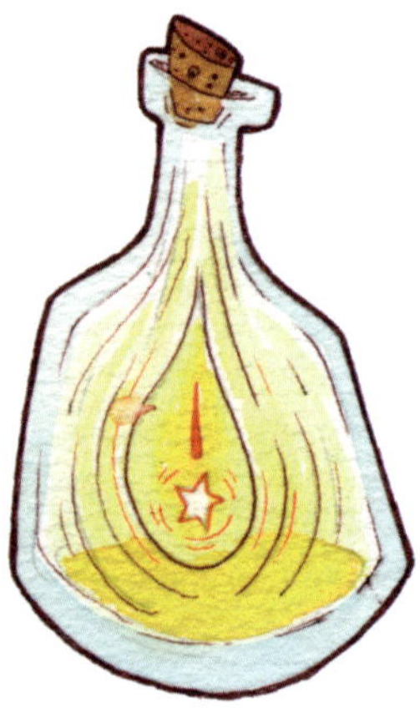

~ Dobbiamo essere prudenti. Disse Già mentre si sgranocchiava una radice di wasabi che aveva tirato fuori dalla sua tasca pandesca. Lo diceva contemplando la torre di Sciòlà, che svettava sopra alle mura del monastero. Troppo silenzio, troppo facile.

- Dopo aver attraversato la foresta di Kù sono pronto a tutto. Sento ancora la puzza del moccio schifoso! Forza andiamo, Mah ci aspetta.

~ È tutto troppo facile e questo silenzio non è un buon segno. Proseguì il panda nano dando la sensazione di non voler muovere un solo passo.

~ Guarda, Boh: nessun uccello vola nel cielo, non il suono di un animale del bosco, non si sentono rumori provenire dal monastero. Non mi piace.



Boh stava iniziando a conoscere quello strano essere che non parlava come tutti aprendo la bocca e facendo uscire suoni, ma usando la mente. Pertanto, per una volta, Boh non si mise a pestare i piedi o a fare qualche conigliata; decise di aspettare e di ascoltare il suo compagno d'avventura. Soltanto che, a sentire il suo amico sgranocchiare la radice di wasabi, gli venne fame.

E, mentre stava pensando a una bella fragola rossa e succosa, vide Già frugare nella sua tasca pelosa ed estrarre un pezzo di formaggio.

- Io non mangio formaggio, cerca meglio.

~ Il formaggio non è per te, ma per quel topino. Gli rispose pacatamente Già, indicando un minuscolo topo (per la precisione, una minuscola topessa) che stava camminando sul ponte che univa il monastero Yamashi al limitare della foresta di Kù, dove si trovavano loro.

Appena arrivato ai piedi di Già, la topessa prese il pezzo di formaggio andandoselo a sgranocchiare sotto a un sasso lì vicino;

Boh e Già aspettarono in silenzio che finisse il formaggio, poi il panda nano iniziò a parlare usando il potere della mente.

Non serve parlare il topese laperlese quando si parla usando la mente!



~ Grazie per il formaggio. Disse la topessa, facendo il tipico inchino laperlese.

Anche Boh e Già fecero l'inchino: l'educazione prima di tutto. Poiché però nel paese di Laperlì si fa quasi a gara fra chi si inchina di più, i tre andarono avanti per un tempo abbastanza lungo, inchinandosi sempre più... Fintanto che Boh si prese una capocciata per terra proprio sopra al sasso dove poco prima c'era il topo.

- A tutto c'è un limite! Già, dille qualcosa! Chiedile se ha visto Mah, se sa dove la tengono, come si entra, quali pericoli dobbiamo affrontare, che armi ci servono e, soprattutto dov'è la dispensa, che ho una fame da lupo.

Per tutta risposta Già si grattò la pancia fissando il topo.

~ Se ci dirà tutto quello che ci serve. Disse Già a Boh.

- Perché non ce lo deve dire?

~ Certo che ce lo dirà, Se ce lo dirà.

- Senti Già, io sono stanco, ho fame e Mah ci aspetta. Non voglio giocare con te e con il topo, dimmi soltanto se ce lo dirà oppure no.

~ Certo, Se ce lo dirà!



- Baaaaastaaaa! Voglio sapere se ce lo dice o no, altrimenti io vado e basta!

~ Non alzare la voce con me sai! Se ce lo dirà, se stai zitto. Se è il nome della topessa! Si chiama Se!

A Boh si abbassarono di colpo le orecchie. Per l'ennesima volta non si erano capiti.

Ma fra tutti i nomi del mondo che la topessa poteva scegliere, proprio Se?

~ Se, la topessa, dice che è stata parecchi giorni a far compagnia a una creatura strana tutta bianca con i capelli rossi; all'inizio hanno parlato tanto, ma è da un po' che Mah non gli parla più in topese laperlese, come se si fosse dimenticata la lingua. Dice che passa tutto il giorno a dire Boh, senza che lei le abbia posto alcuna domanda.

- Certo che anche io ho un nome strano. Disse Boh.

~ Già. Rispose Già, facendo un mezzo sorriso.

Se e il suo amico Squì avevano fatto di tutto per consolare Mah durante quei giorni di prigionia. A Boh era sembrato di averci messo solo qualche ora per attraversare la foresta di Kù e per superare le tre prove.

La foresta, però, aveva la capacità di dilatare e di comprimere il tempo; in realtà erano già passati parecchi giorni da quando avevano lasciato la casa di Già sul monte Sulà.

La topessa riferì inoltre ai due amici che la strega Sciòlà stava armando un esercito di esseri malvagi capitanati da Kù.

Una volta superato il ponte, Se li avrebbe condotti da Mah; poche creature erano state così carine con loro due.

La prigione di zucchero dove era imprigionata Mah, oltre ad annullare i poteri elfici, produceva altri terribili effetti. Mah non aveva più la forza per reggersi in piedi, si era sdraiata sul pavimento di zucchero a velo e, per non rischiare di respirarlo, aveva formato con la sua lunga chioma rossa una sorta di cuscino che la teneva lontana dal dolce pavimento. Ma, così facendo, i capelli si stavano sbiancando.

La pelle era diventata di un bianco livido e si potevano vedere le vene e il sangue scorrere sempre più lentamente. Sopra l'occhio destro era comparsa anche una piccola ruga.

Dalle labbra usciva ormai un solo flebile suono, Boh, che ripeteva in continuazione.

Tutto quello zucchero la stava spegnendo pian piano.

Ma non solo... Gli elfi imprigionati nello zucchero iniziano a perdere la memoria: per ogni giorno di prigionia perdono cento anni di ricordi. Possono però scegliere i ricordi da dimenticare.

Mah, da subito, decise di scegliere quali ricordi perdere: sicuramente i cento anni passati a guardar crescere un ciliegio, per poi scoprire che era da fiore e non da frutto, e anche i 243 anni del corso per imparare la lingua delle zanzare tibetane poteva perderli... Per non parlare dei 77 anni passati a un corso di cucina per fare frittate senza uova.



Ecco, tutti quei ricordi potevano essere sacrificati, ma non un solo minuto passato con Boh. Quelli non voleva proprio perderli.

Boh per lei era speciale, la faceva ridere e sorridere, era imprevedibile, divertente e saggio quel tanto che basta. Faceva cose conigliesche e viveva una vita tranquilla, anche se lei intuiva che dietro quel pelo da roditore e a quella ostentata tranquillità ci fosse qualcosa di più, o di diverso, e questo la incuriosiva e la spaventava allo stesso tempo.

E così, con il passare dei giorni, aveva iniziato a fare scelte terribili. Aveva perso i ricordi delle guerre di cuscini con suo fratello Tra, la ricetta della crostata di mirtilli e molti altri ricordi degli ultimi duemila anni.

Aveva anche perso il ricordo del perché suo zio Chissà aveva rubato una lacrima di stella. Anzi, forse anche suo zio Chissà si era scordato il motivo.

Per quel furto, Chissà era stato imprigionato 643 anni in una meringa gigante. In tutti quegli anni di prigionia aveva perso centinaia di secoli di ricordi per salvarne solo due: dove aveva nascosto la lacrima di stella e il nome della sua nipote preferita, Mah.



All'inizio del mondo Chissà non si chiamava così, ma ormai non c'erano più elfi che ricordassero il suo nome.
Tutti lo conoscevano per l'unica parola che pronunciava a ogni domanda che gli veniva posta.

Per esempio:

- Dove hai nascosto la lacrima di stella?

Lui rispondeva: - Chissà...

Quando finalmente aveva scontato la sua pena, aveva ripetuto per 423 anni il nome di Mah, finché un giorno la trovò a cullare una lucciola che piangeva perché non riusciva più ad accendersi.

- Tu devi essere Mah. Forse non ti ricordi di me… Sono tuo zio Chissà. Che cosa stai facendo?

- Cerco di consolare questa lucciola. Rispose Mah, facendogli un sorriso elfico dei più belli.

- Ti ho portato un regalo. Disse Chissà, porgendole un ciondolo appeso a un capello di sirena.

- È una lacrima di stella. Non mi ricordo perché l'ho presa, ma so che un giorno ti servirà: le lacrime di stella hanno poteri immensi se usate da un elfo dal cuore puro, e io so che tu lo sei. Chissà perché lo so, non lo ricordo, come non ricordo tante cose. Quasi tutte. Chissà…



E così dicendo sparì, e Mah non lo rivide più. Si legò il capello di sirena e il ciondolo contenente la lacrima di stella fra i suoi capelli per proteggerlo e nasconderlo, non prima di aver sfiorato la lucciola con quell'amuleto. Subito, la lucciola prese a luccicare e ben presto arrivarono altre lucciole, finché tutto il bosco si illuminò a giorno. Le creature del bosco restarono sbalordite da quello spettacolo e si raccontò ancora per molto tempo di quella volta in cui la notte si fece giorno.

Di lì a poco, avrebbe perso anche quel ricordo.

Mah avrebbe potuto usare la lacrima di stella per liberarsi

dalla prigione di zucchero, ma in cuor suo sapeva che doveva servire per qualcosa di più grande.

Era venuto il giorno in cui aveva perso anche il ricordo del topese laperlese e, con esso, anche l'ultima possibilità di sapere se Boh stava arrivando oppure no. In cuor suo non dubitava che Boh l'avrebbe cercata e liberata, ma adesso era veramente stanca e chiuse gli occhi.

# CAPITOLO SETTIMO

# La battaglia di Boh

Sciòlà si trovava nei suoi appartamenti in cima alla torre orientale del monastero Yamashi. Alla finestra era appena apparso Kù, insieme a tre uccelli Spialì.

- Mia signora, ho informazioni importanti da riferire! Disse Kù con aria seria e corrucciata, facendo fatica a nascondere la paura negli occhi di bragia.

La strega stava rovistando all'interno di una cassapanca relativamente piccola, ma di una profondità impressionante.

Ci si poteva infilare dentro il tronco di un albero altissimo senza riuscire a toccarne il fondo.



Sciòlà frugava e brontolava perché non trovava quello che cercava e così, anche per fare un po' di ordine, iniziò a tirar fuori il contenuto della cassapanca nella speranza di trovare quello che stava cercando.

Così iniziarono ad ammassarsi sul pavimento oggetti alla rinfusa fra cui: tre zampe di gallina che si muovevano ancora, la ruota di un treno che, se la giravi tre volte, faceva il fischio del treno, un tavolo apparecchiato per dodici con dodici grilli che aspettavano la cena da tre anni, sette mosche di velluto giallo per la pesca al salmone, un occhio di merluzzo stanco (di solito ci metteva due anni ad aprirsi), centotrentadue spazzolini da denti per sdentati (questi finirono nel cestino delle cose inutili) e perfino un veliero con sessantaquattro scimmie di mare che litigavano da trentatré anni su chi dovesse salire per prima sull'albero di parrocchetto.

Kù aveva perso lo sguardo di paura, per sostituirlo con quello fra lo spazientito e il perplesso. Che cosa ci faceva Sciòlà con tutta quella roba? E poi, cosa voleva che ne sapessero le scimmie di mare di alberi di parrocchetto, di velaccino o di controvelaccino? Ma, soprattutto, lui, come faceva a saperlo? Boh?

Ecco! Lui era venuto per riferire di Boh, e la strega era ancora lì a tirar fuori roba da quella cassapanca infinita; voleva parlarle, ma non ne aveva il coraggio.



Quando ormai metà della stanza era occupata da tutta quella robaccia buttata alla rinfusa, Sciòlà esclamò finalmente, rivolgendosi per la prima volta a Kù: - Trovato!

E poi iniziò a rivolgersi a Kù come se fosse un amico di vecchia data.

- Caro mio vecchio uccellaccio Kù, dimmi pure quello che hai da riferirmi.

Ma, non appena Kù aprì becco, Sciòlà riprese a parlare anticipandolo.

- Tu sei venuto a riferire che il coniglio parlante, con l'aiuto dell'odioso panda nano, è riuscito ad attraversare la foresta e a superare le tre prove.

- Sì, mia sign…

E, sempre interrompendolo, la strega continuò.

- E sei venuto anche a dirmi che i due odiosi esserini sono ora al di là del ponte.

- Certo, e anche...

-E anche che li hai visti parlare con Se, il topaccio che stai cercando di prendere da due anni senza riuscirci?



- Sì, mia signora, ma...

- Niente ma, e soprattutto niente Se, oserei dire, caro il mio uccellaccio!

Kù, abbassando il becco, ammise implicitamente di non essere riuscito neppure questa volta nell'impresa di acciuffare la topessa Se.

Sciòlà infilò ancora una volta la mano libera nella cassapanca estraendo una gabbietta con all'interno Se.

Se squittiva come un topo qualsiasi. Sciòlà, con una delle sue magie, le aveva tolto l'uso del topese laperlese, facendola tornare un comunissimo topo da monastero.

- Questa ce lo mangiamo domani a colazione. E, mentre lo diceva, lanciò la gabbietta in un angolo della stanza.

- Sai che cosa ho nella mano? Chiese Sciòlà a Kù. E, senza

aspettare una risposta, che non sarebbe mai arrivata, continuò:

- Tutte le creature che hanno attraversato la foresta di Kù e superato le tre prove acquisiscono la capacità di leggere il pensiero del proprio nemico e, dato che nemmeno tu sei mio amico, riesco a leggere i tuoi pensieri.

Da quella rivelazione Kù era al contempo stupito e deluso: sapeva che le sorprese non erano finite, perciò decise di non replicare, aspettando che Sciòlà concludesse.



- Quello che sto tenendo in mano è un rarissimo elmo blocca-pensieri: chi lo indossa riesce a bloccare le capacità acquisite con il superamento delle tre prove nella foresta di Kù. È per te, indossalo, ti servirà quando incontrerai il coniglio e quella orrenda palla di pelo. In questo modo nessun nemico potrà leggerti nel pensiero.

E, mentre lo diceva, aiutò Kù a indossarlo.

Si trattava di un bellissimo elmo di giada verde, con intarsi finissimi che andavano a formare frasi in una lingua sconosciuta.

Kù, appena lo ebbe indossato, si sentì fiero di quel regalo e pensava che quella orrenda strega cattiva e puzzolente puzzava sì da far paura, ma in fondo era l'unica amica che avesse.

Sciòlà, nonostante l'elmo indossato da Kù, afferrò un frustino fatto di pelle di passero e colpì Kù sulla zampa.

- Kraaaaaaa! Strillò Kù, colpito più nell'orgoglio che nel fisico.

- Questo elmo non funziona, tu mi hai letto nel pensiero!

- Certo che funziona, funziona con tutti i tuoi nemici... Tranne che con i sommi maestri. Stupido e presuntuoso uccellaccio!



E, mentre lo diceva, le si disegnò un sorriso sul volto. Forse anche Sciòlà aveva un cuore, anche se non avrebbe mai ammesso di considerare Kù il suo unico amico.

- Adesso vieni qui per il tocco finale; spalmerò un unguento velenoso sui tuoi artigli. In questo modo, anche una piccola ferita inferta al tuo nemico risulterà mortale.
Liberiamoci una volta per tutte di quel panda nano e del suo sciocco amico coniglio e, per essere sicuri, raduniamo dallo stagno le truppe di pesci-zampa per bloccare ogni via di fuga. Il monastero sarà la loro tomba!

- Se è sparita! Esclamò Boh.

~ Kù le dà la caccia da anni; qui non era più sicuro per lei, ma ho letto nella sua mente e ora so dove si trova Mah.

- Spiegami dove si trova; sarai tu a liberarla, mentre io farò da esca attirando Kù e gli Spialì dall'altro lato.

Il piano non ammetteva repliche e i due amici iniziarono ad attraversare il ponte sospeso che li avrebbe portati all'interno del monastero.



Una volta varcata la soglia, Boh si stupì per l'assenza dei monaci e per un nutrito gruppo di uccelli Spialì, tutti silenziosamente appollaiati sui davanzali delle finestre, sui corrimani, sui rami delle piante: un po' dappertutto. Al centro del cortile, dritto e fiero, c'era Kù.

- Arrendetevi subito e sarete risparmiati! Esclamò Kù in tono marziale.

In tutta risposta Già si mise a sgranocchiare tre radici di wasabi legate insieme.

- Ma ti sembra il momento di mettersi a mangiare wasabi? Qui ci spellano le orecchie e tu pensi a mangiare?

Già sembrava non volerlo ascoltare e, anzi, estrasse una quarta radice e si ficcò in bocca pure quella. Anche se Già era ghiotto di wasabi ed era abituato al suo pizzicore, quella quantità iniziò a fare effetto, come a tutti: un gran bruciore in bocca e l'apparizione di qualche piccola lacrima, in particolar modo dall'occhio bordato di nero, quello che accelerava le cose e gli esseri viventi.

Con un'unghia della zampa ne raccolse delicatamente una depositandola poi sulla coda batuffolosa di Boh.

Nello stesso momento Kù diede il segnale di attacco e tutti gli uccelli Spialì presero il volo iniziando a vorticare attorno ai due amici.



Ogni tanto da tutto quel vorticare di piume un uccello si lanciava in picchiata su Boh e Già. Chi per dare una beccata, chi una zampata.

La lacrima magica di Già stava già facendo effetto, Boh si muoveva come un fulmine, schivava gli attacchi e sferzava calci e sberle a tutto ciò che gli si avvicinava, deviando il volo degli uccelli Spialì che andavano a sbattere qui e là.

- Vai, amico mio, vai a liberare Mah, mentre tengo a bada questi stupidi e lenti uccellacci. Disse Boh a Già.

Il panda nano approfittò subito del caos che Boh stava alimentando sgattaiolando verso la prigione di Mah.

La topessa Se aveva spiegato la strada attraverso le segrete del monastero nei minimi dettagli e così Già si trovava adesso davanti alla porta della prigione di Mah.

Ogni tentativo che aveva fatto per mettersi in contatto mentale con Mah era fallito, sia per via delle pareti di zucchero, sia perché l'elfo era ormai allo stremo delle forze.

Adesso veniva il bello: aprire la porta. Le porte delle prigioni generalmente hanno la maniglia solo all'esterno e quella non faceva differenza. Il problema però c'era, ed era assai alto per Già: la maniglia.



Già era un panda nano. Basso, ma così basso da non riuscire neppure lontanamente a raggiungere la maniglia.

Si era guardato in giro per vedere se ci fosse una sedia, uno sgabello o magari una scala. Nulla. Aveva provato a saltare e risaltare. Ogni tentativo si era concluso con un livido in più sul sedere. Come fare?

Il tempo stringeva. Da una feritoia posta sul muro poteva vedere Boh lottare e cavarsela abbastanza bene, ma sapeva che l'effetto accelerante della lacrima non sarebbe durato ancora molto.

Accaldato e quasi sudato dai tentativi di salto per afferrare la maniglia, gli si era appiccicato sul pelo parecchio zucchero proveniente dalla porta e ora si leccava le zampe, sopra pensiero.

Buono però questo zucchero, pensava.

Ecco! Esclamò fra sé e sé, l'unico modo è mangiarsi la porta! E così iniziò a morderne e a leccarne i cardini.

Cinque chili di zucchero dopo, la porta finalmente cedette, con un tonfo sordo. Mille schegge di zucchero inondarono la pri-

gione di Mah, risvegliandola.

Mah era sdraiata in un angolo. Già faticava a muoversi avendo la pancia gonfia di zucchero ma, con le ultime forze, riuscì a sollevare e a portare fuori il leggero corpo dell'elfo.

Appena adagiata sulle pietre del corridoio, lontana dallo zucchero, Mah iniziò a riprendere conoscenza.

- Già, hai un alito terribile, ma sei la cosa più bella che vedo da tanto tempo.

L'alito di Già era peggio dell'odore che esce da una fabbrica di caramelle e il sorriso che fece a Mah era altrettanto grande.

- Dov'è Boh? Chiese Mah, cercando di alzarsi e ruotando lo sguardo alla ricerca del coniglio.



÷

Gli uccelli Spialì erano quasi tutti tramortiti dai colpi inferti da Boh che, però, stava ormai rallentando i suoi movimenti.

Kù osservava la scena senza dare l'impressione di preoccuparsi; la strategia era quella di far stancare il coniglio, per poi attaccarlo personalmente. Non amava gli uccelli Spialì, erano sacrificabili.

Quando l'ultimo degli Spialì venne spiaccicato sulla finestra più alta della torre, Boh aveva ormai esaurito l'effetto della lacrima accelerante.

Si rese conto di aver vinto la battaglia, ma non la guerra: il nemico più pericoloso era ancora davanti a lui. Kù si fece avanti minaccioso aprendo le ali e roteando il becco affilato.

- Sei soltanto una pallina di pelo magica, ma la magia è terminata e adesso sei mio! E, così dicendo, gli piombò addosso come un treno in corsa, colpendo Boh allo stomaco e facendolo volare dall'altra parte del cortile contro una trave di legno.

Soltanto l'abilità nel saltare permise a Boh di non rompersi qualche osso. Ciononostante aveva preso una bella botta e Kù stava già ripiombando su di lui.



Avendo visto un rastrello abbandonato, pensò di usarlo come spada ma, come se Kù gli avesse letto nel pensiero, quello si avventò sul manico del rastrello facendolo volare fuori dalla sua portata.

La cosa strana era che con gli uccelli Spialì era riuscito a leggere nel pensiero di ogni singola creatura che voleva attaccarlo, anticipandone le mosse, ma con Kù questo era impossibile, forse per via di quel buffo cappello che aveva in testa.

Mah e Già assistevano impotenti alla lotta fra Kù e Boh dalla feritoia nel corridoio delle prigioni.

~ Mah, ti prego, fai qualche magia elfica, aiuta Boh! Quell'uccellaccio è troppo forte per lui.

- Non posso, sono ancora troppo debole, e poi mi sono dimenticata un sacco di formule magiche. Ho ancora troppo zucchero nelle vene. Piuttosto, a Boh servirebbe qualcuna delle sue carote speciali.

~ Quali carote? Chiese Già.

- Lui ne coltiva di tanti tipi e un giorno mi ha detto che ne aveva cresciuta una pericolosissima per sbaglio.

~ Tipo? Chiese ancora Già, sempre più incuriosito.

- Scusa, ma cosa ti interessa? Tanto tutte le carote speciali di Boh sono a casa sua, nella sua dispensa dietro all'orto, a migliaia di chilometri da qui.



E così Già spiegò a Mah che la notte in cui cresceva la carota nero-buio-salta-là lui li aveva seguiti di nascosto perché aveva tanta fame e, mentre i due dormivano, aveva preso qualche carota a caso dalla dispensa di Boh.

- Preso? Tu hai rubato le carote a Boh! Non si ruba! Altro che panda nano, tu sei un ladro! Si mise a strillare Mah!

~ Calmati! Avevo fame e non sapevo che voi due volevate aiutarmi.

Mah si era calmata, ma solo un pochino: detestava i ladri, di carote poi!

- Hai ancora quelle carote? Chiese subito dopo Mah.

~ Una sola, gialla, che avevo provato a mangiare, ma che al

primo morso mi ha ferito la lingua. E, mentre lo diceva, si stava tirando la lingua con una zampa per farle vedere il graffio.

- Una carota giallo-luce-taglia-lì! Tirala subito fuori e dammela!

Il panda iniziò a rovistare nella tasca pandesca fino a estrarre la carota, di un bel giallo intenso.



÷

Kù era decisamente più forte di Boh, che compensava con la velocità da coniglio, ma ogni colpo che Boh riceveva lo rallentava.

Adesso iniziava a sentire la stanchezza della lotta e sperava che Già fosse riuscito a liberare Mah. Quel pensiero lo aveva distratto lasciando la guardia aperta e Kù ne approfittò subito, dandogli un potente colpo di becco sulla zampa anteriore.

Il dolore arrivò fortissimo, così forte da far accendere di giallo-ocra gli occhi di Boh.

Un giallo-ocra che solo pochi lupi avevano, non certo un coniglio...

Anche il verso che fece Boh non assomigliava per nulla a quello di un coniglio ferito: sembrava piuttosto un latrato.

A Kù si rizzarono le piume sul collo, ma non si fece intimorire, impartendo a Boh un violentissimo colpo d'ala che lo fece volare per tutto il cortile.

Il coniglio era atterrato sull'orlo del pozzo, sembrava avesse perso i sensi, non si muoveva. Soltanto un occhio si aprì per un breve istante andando a incrociare quello di Mah, che assisteva inerme alla scena guardando dalla feritoia.

- Dammi la carota piano, con delicatezza.

Già porse all'elfo la carota giallo-luce-taglia-lì e lei la raccolse con le mani giunte a formare una "V", soffiandoci sopra un sogno di battaglia.



La carota attraversò la feritoia per volare nel punto dove si trovava Boh.

I due incisivi da coniglio si stavano ritirando, lasciando lo spazio a lunghi canini; anche le orecchie si fecero più piccole e dritte. Tutto avvenne mentre Kù assestava un potente calcio a Boh, per farlo finire dritto nel pozzo.

Kù restò sul bordo ad aspettare il rumore che il corpo inerme di Boh avrebbe fatto colpendo il fondo del pozzo, ma non sentì nulla.

Come una saetta, un coniglio con il volto di un lupo saltò fuori nel momento stesso in cui la carota giallo-luce-taglia-li stava sorvolando il pozzo.

Boh prese la carota al volo e si avventò su Kù. Quest'ultimo non si spaventò per nulla e saltò a sua volta all'attacco, facendo luccicare gli artigli.

Quello che seguì nessuno lo seppe, anche per via della polvere che si era sollevata e che impediva una visione chiara. Quello che si seppe è che Kù, incurante della carota che lo stava trapassando, artigliò una zampa di Boh infliggendogli una ferita profonda, mentre Boh lo teneva fermo con il morso appuntito dei suoi canini lupeschi.

Adesso giacevano entrambi inermi al centro del cortile.

Mah correva verso il suo amico Boh tirandosi dietro Già.

Kù non dava segni di vita.

Boh respirava debolmente e la

ferita sulla zampa brillava.

- La ferita è già infetta e ha già la febbre alta: probabilmente gli artigli di Kù sono avvelenati. Non so cosa fare. Disse Mah ancora debole, si era dimenticata le magie elfiche per curare le ferite avvelenate e continuava a girare intorno a Boh e sentendosi impotente.

~ Dobbiamo portarlo da Yà, è l'unica possibilità. La bloccò Già.



- Yà? Chi sarebbe? Dove si trova?

~ È una mia vecchia conoscenza, una guaritrice, abita alla foce del fiume Sciacqualà, prendiamo la tua vasca volante.

- Non so più come si fa a creare una vasca, figuriamoci a farla volare... Non me lo ricordo. Disse triste Mah.

Già non si diede per vinto e, mentre pensava a come fare, un gruppo di pesci-zampa stava avanzando minacciosi verso di loro.

Lo sguardo di Già si soffermò su di uno scoiattolo che, incurante di tutto quello che era successo e che stava succedendo, si dedicava all'apertura di una noce.

~ Saltiamo in groppa allo scoiattolo. Disse risoluto Già.

- Troppo wasabi ti ha dato alla testa! Come facciamo a starci tutti e tre su quello scoiattolo, è più piccolo della mia mano!

– Ho ancora una lacrima ingrandente!

E, così dicendo, saltarono sulla groppa del più grande scoiattolo che si fosse mai visto, pronti a superare con un balzo lo sbarramento dei pesci-zampa.

# CAPITOLO OTTAVO

# L'alberuga Yà

In meno di dieci falcate, lo scoiattolo Lò era riuscito a uscire dal monastero e ad attraversare il ponte sospeso.

Già iniziava ad accusare un gran sonno per via di tutto lo zucchero che aveva dovuto leccare e mangiare per riuscire ad aprire la porta della prigione dell'elfo. Faticava a non addormentarsi.

Troppo zucchero fa male e mette sonno, un sonno profondo senza sogni dal quale è difficile svegliarsi.

Dalla tasca pandesca estrasse una moltitudine di cose, ma nulla gli fu utile per restare sveglio.

La luce del crepuscolo certo non aiutava Già che, con un oc-

chio semiaperto, si teneva aggrappato al folto pelo dello scoiattolo Lò e, mentre si teneva, gli dava le indicazioni per raggiungere Yà.

Il movimento dello scoiattolo Lò lo cullava, lo ipnotizzava, lo faceva sbadigliare, lo distraeva dalla retta via, finché, inesorabilmente, non lo prese un sonno profondo.

- E adesso dove andiamo? Chiese lo scoiattolo Lò.

Nessuno rispose alla sua domanda.

Boh, ancora troppo debole, era stato adagiato fra Già e Mah, fissato con una corda elfica per non cadere dallo scoiattolo Lò. Le orecchie sobbalzavano inermi a ogni passo dello scoiattolo Lò e Mah non lo perdeva d'occhio un istante.

Era preoccupata, la ferita sulla zampa non era per nulla bella: nera come il buio, sembrava risucchiare lo sguardo.

A Mah vennero i brividi, lei aveva curato molte ferite con le sue magie elfiche, ma non aveva mai visto una ferita così.

Sfiorò per la centesima volta la fronte di Boh, la sentì bollente e il pelo era bagnato dal sudore.

Mah, anche lei saldamente aggrappata allo scoiattolo Lò, stava pian piano riacquistando le forze. Il vento aiutava a far volar via dai capelli lo zucchero a velo che li aveva impregnati.

Più lo zucchero volava via, più i capelli di Mah tornavano del bellissimo rosso Mah, sollevandosi nell'aria come una criniera al vento.

A guardarli correre nella brulla prateria era difficile capire dove iniziava lo scoiattolo Lò e dove finivano i lunghi e soffici capelli di Mah. Anche la sua pelle stava tornando ad assumere il suo bellissimo bianco-bianco, che iniziava a catturare la luce delle prime stelle.



- Allora, si può sapere dove dobbiamo andare? Chiese nuovamente lo scoiattolo Lò rallentando l'andatura fino a fermarsi.

Il panda nano dormiva pesantemente con una zampa chiusa a pugno intorno a un ciuffo di pelo dello scoiattolo Lò.

Il respiro di Boh era sempre più debole e irregolare.

- Per l'ultima volta: qualcuno mi vuole dire dove si va? Ho la brutta sensazione che fra poco tornerò a essere piccolo.

Mah ci mise qualche tempo a capire che lo scoiattolo Lò si stava rivolgendo a lei.

- Io non so dove si trovi questa Yà, non so neppure cosa sia. Rispose finalmente Mah.

- Ascoltami bene, io sono un grande amico di Se e negli ultimi giorni, non ha fatto altro che raccontarmi di voi elfi. E che sapete questo e che sapete quello… Disse risoluto lo scoiattolo Lò.

Mah, con un gesto della mano, si liberò dell'ultima traccia di zucchero che le ricopriva la fronte e, proprio in quel momento, ricordò.

- Gli elfi conoscono tutte le strade del mondo, meno una! Esclamò Mah.



Boh emise un flebile verso.

- Forza Lò, non c'è tempo da perdere, corri verso quella scogliera brulla con un solo albero in cima!

Lo scoiattolo Lò, con rinnovata energia, riprese la corsa verso quella destinazione.

Adesso erano tutti schiacciati l'uno contro l'altro. Lo scoiattolo Lò si stava rimpicciolendo; l'effetto della lacrima ingrandente stava ormai svanendo.

Sciòlà era furiosa. Camminava talmente veloce intorno al corpo di Kù da far uscire scintille e qualche fiamma dai piedi.

Girava, correva e diceva brutte parole in una lingua sconosciuta, e più correva, più lo sfregamento dei piedi per terra faceva fuoco e fiamme.

I pesci-zampa si erano andati a nascondere in fondo al lago, nella speranza di sfuggire all'ira della strega.

Qualche uccello Spialì stava ancora cercando di risollevarsi dalle botte che aveva ricevuto ma, appena Sciòlà ne vedeva uno muoversi, lo inceneriva con un calcio infuocato.

Tutto il cortile Yamashi era avvolto da un nero silenzio sfumato di rosso drago, il colore della rabbia che usciva dagli occhi di Sciòlà.



- Lo odio! Quel peloso puzzolente di un panda nano! Un coniglio poi! E quello straccetto di un elfo!

E, mentre lo diceva, le fiamme che uscivano dai piedi si facevano sempre più alte, finché un corno di fuoco più alto degli altri non le bruciò le ciglia.

Non se ne curò. Certo, se prima non era una bellezza, adesso, con le ciglia bruciate, lo era ancora meno!

Non diede neppure uno sguardo al corpo di Kù, che pareva inanimato.

- A te penserò dopo. Disse più a se stessa che a Kù, l'unico essere vivente che le dava ascolto da quando il panda nano aveva fatto quella certa cosa...

# L'alberuga Yà

Lo scoiattolo Lò aveva riacquistato le dimensioni di uno scoiattolo rosso dei boschi laperlesi del nord, poco più grande della mano di Mah.

Mah aveva disteso delicatamente Boh ai piedi di un vecchio tronco d'acero, l'unico albero di quella scogliera desolata.

L'albero era stranamente gigantesco e, a giudicare dalle dimensioni, molto vecchio. A giudicare dalle rughe nella corteccia,



anche molto saggio. L'alta e folta chioma lo riparava dall'umidità della notte e le rosse foglie ballavano alla luce di un infinito cielo stellato. Così vasto che le stelle sbrodolavano ben oltre l'orizzonte.

In cima a quella collina, un panda nano, un coniglio ferito con denti da lupo, un elfo perplesso e uno scoiattolo affamato per la corsa parevano attori senza copione.

L'unica cosa curiosa era Già, che, nel sonno più profondo, ogni tanto faceva un verso con la pancia e subito dopo gli usciva un batuffolo di zucchero filato dal naso.

- Già, per cortesia, pulisciti! Esclamò Mah, sapendo benissimo che il panda non poteva ascoltarla.

- Ci vorrà tempo prima che si svegli.

La voce che aveva pronunciato quelle parole non veniva da nessuno dei quattro.

- Già. Rispose Mah in modo quasi automatico a quell'affermazione.

- Certo, ci vorrà tempo, è già successo altre volte a Già.

Mah cominciò a guardarsi intorno, per cercare di capire chi avesse parlato. Lo scoiattolo Lò si stava mangiando l'ultimo batuffolo di zucchero filato uscito dal naso di Già, Già dormiva e Boh respirava a fatica, figuriamoci se poteva parlare. Nessuno. Pertanto decise di sedersi sopra a una radice dell'albero che spuntava dal terreno.



- Ahia!

- Chi ha parlato? Domandò Mah tornando a sedersi sulla radice.

- Yà, Ahia!

Mah saltò su dritta tornando a far ruotare lo sguardo alla ricerca del proprietario della voce. Nulla. Era troppo stanca per giocare a nascondino e fece per sedersi per la terza volta. Non appena sfiorò di nuovo la radice, si sentì esclamare:

- Basta!!! Piantala di schiacciarmi i calli! Mi fai male! Sciocco esserino dalla capoccia rossa!

Solo allora Mah capì che la voce proveniva dall'albero.

- Scusi signor albero, non volevo, la strada che conosco per trovare Yà ci ha portato fino a questo luogo, ma io non vedo guaritrici di nome Yà.

- Sono io Yà, te l'ho appena detto!



E siccome Mah restava lì imbambolata, Yà continuò.

- Mi chiamo Yà e sono un'alberuga. Mi spiego meglio: mio padre era un acero rosso e mia madre una tartaruga marina. Mio padre viveva sul ciglio di una scogliera e mia madre nuotava nel mare sottostante. Si sono guardati per trecentoventitré anni finché un'onda d'amore li ha colpiti entrambi nello stesso momento. Così sono nata io… Ma questo è successo molto, molto tempo fa.

- Già, prima di addormentarsi, mi ha detto che tu sei una guaritrice e che puoi aiutare il mio amico Boh. È stato ferito da Kù, probabilmente con un artiglio avvelenato dalla strega Sciòlà.

- Sciòlà! Erano anni che non sentivo questo nome! Perché la chiami strega? Chiese l'albero Yà.

- Perché Sciòlà è una strega cattiva, vuole male a tutte le creature innocenti, a cominciare dal nostro amico Già. Le rispose Mah.

- Già il panda nano?

- Sì.

- Conosci anche lui?

E così, l'alberuga Ya iniziò a raccontare di come aveva conosciuto Sciòlà e Già, ma Mah la interruppe subito dicendo:

- Ascolterei molto volentieri la storia di Già e Sciòlà, ma il mio amico Boh è gravemente ferito e forse tu ci puoi aiutare.



L'alberuga Yà, senza rispondere, prese delicatamente il coniglio con due folti rami per osservarlo meglio.

Mentre lo analizzava (per un tempo che a Mah parve infinito) si potevano sentire lo scricchiolio del legno e qualche brontolio sommesso. Finalmente lo depose nuovamente su un letto di foglie, e comunicò la sua diagnosi.

- La ferita è profonda... Se fosse una ferita normale, con un po' d'acqua di salice, gelatina d'ortica e un impacco di bucce di carota verde guarirebbe in una settimana. Ma qui ci sono due problemi, di cui uno che non vedevo da molti secoli.

Mah non la interruppe e aspettò che l'alberuga Yà riprendesse a parlare.

Con uno dei rami più alti si sistemò la chioma, fece uno sbadiglio legnoso e riprese:

- La ferita è stata infettata da un potente veleno, il male-buio. Va preparato nelle notti senza luna e senza stelle da una persona che ha l'animo triste e rancoroso: in questo modo, la cattiveria del dolore passa al veleno.

- Ma c'è un antidoto? Si può guarire? Tu sei capace, vero? La interruppe Mah con una voce piena d'ansia.



- No e sì. Rispose l'alberuga e, senza lasciare il tempo a Mah di replicare, le spiegò il funzionamento del veleno.

Il male-buio prima infetta la ferita e poi si attorciglia intorno al cuore, fino a romperlo. Questo, però, è l'effetto che il male-buio farebbe a una creatura qualsiasi, a un coniglio qualsiasi. Soltanto un essere che sa dominare la luce e il buio può sperare di guarire da una ferita infettata di male-buio.

- Boh non è un coniglio qualsiasi. Disse Mah, più a sé stessa che all'alberuga Yà.

- Infatti il tuo amico Boh non è un coniglio qualsiasi, e io ne ho visto solo un altro quasi mille anni fa... Boh è un lupiglio.

A quella parola il silenzio era caduto dal cielo, il vento si era fermato, così come il respiro e i singulti di Già. Anche lo scoiattolo

Lò sembrava una statua, tanto era immobile.

- E cosa sarebbe un lupiglio? Chiese Mah.

- I lupigli abitano la terra da prima del tempo degli elfi. Per la maggior parte della vita erano lupi, facevano cose da lupi e vivevano come lupi, in pace e in armonia. Conoscevano la notte, il buio e non avevano paura, ma allo stesso tempo giocavano nel giorno e amavano la luce del sole. Quando il mondo iniziò a popolarsi di creature, i lupi iniziarono a mettere paura. Il problema era il loro aspetto: occhi penetranti, denti feroci e mantello fulvo li facevano apparire minacciosi, anche se non lo erano.



E così, chiesero a un vigile arboreo che aveva il Libro di tutte le creature e di tutti gli alberi delle foreste di trovargli una soluzione per vivere in pace in mezzo a tutti.

Il vigile arboreo stette ottantotto anni a studiare la questione e a consultare il suo libro finché, con l'aiuto di uno dei primi elfi, fece un sortilegio buono e trasformò quei lupi in conigli. Chi avrebbe mai avuto paura di un coniglietto mansueto, simpatico e magari, alle volte, anche un po' burlone? Questa era la soluzione giusta!

Il problema era che anche il più potente degli elfi, pur con l'aiuto del grande libro del bosco e del vigile arboreo, non poteva trasformare del tutto una creatura in un'altra, ma poteva, al massimo, semplicemente camuffarla.

Il coniglio che celava la sua vera anima del lupo sarebbe potuto tornare lupo solo se si fosse trovato in pericolo, ma mai per fare del male.

Ecco, questo è un lupiglio. E il tuo amico Boh è decisamente un lupiglio, forse l'ultimo.



- Allora Boh si salverà! Esclamò Mah.

- Calma. Rispose l'alberuga Yà.

- Il tuo amico Boh è messo male, ha perso molto sangue e il male-buio ha già raggiunto il cuore e lo sta iniziando a stringere.

- Salvalo, ti prego, ti prego, salvalo!

- Io posso fare ben poco... Gli posso fare un bell'impacco con la bava di lumaca avvolta nella mia corteccia, ma servirebbe solo a fargli sentire meno dolore. Ci vorrebbero la luce della luna e la gioia di un cuore felice, ma questa è una notte senza luna e non vedo esseri felici intorno a me.

- Non serve la luna per avere la luce della luna. Disse subito Mah; forse aveva capito come salvare Boh.

- E dove la troviamo la luce della luna? Chiese l'alberuga scuotendo la chioma e facendo cadere qualche foglia sul corpo debole di Boh.

- Le stelle riflettono di luce propria. Le disse Mah.

- La luna cattura e riflette la luce del sole! Le disse Mah.



- Sì, ma questa notte è senza luna, senza stelle e, di certo, senza sole! Replicò l'alberuga Yà.

- È vero, ma io ho una lacrima di stella che racchiude in sé la luce del sole e, quindi, la luce riflessa dalla luna! Esclamò Mah, che non era mai stata così felice in vita sua.

In quel momento, il ciondolo con la lacrima di stella uscì da solo dalla folta chioma di Mah e prese a illuminarsi sempre di più, fino a creare un raggio a forma di stella, le cui cinque punte toccavano il cuore di Mah, di Già, la chioma dell'alberuga Yà, lo scoiattolo Lò e, infine, il corpo di Boh.

La lacrima di stella, brillando sempre più, illuminava adesso tutta la collina, la prateria, il cielo e tutti i boschi del paese di Laperlì, divorando il buio della notte e strappando via il male-buio dal cuore di Boh.

I denti da lupo iniziarono a ritirarsi per far posto a due begli incisivi da coniglio e, così come era arrivata la luce, tornò il buio di quella notte senza luna e senza stelle.

La differenza era che adesso la pelle di Mah era così bianca da illuminare la collina dell'alberuga Yà.

Tutti erano in silenzio, fissavano Boh e aspettavano.

Il lupiglio Boh aprì prima un occhio e poi l'altro e cercò di mettersi seduto, ma era troppo debole, pertanto si limitò a dire:

- Ciao Mah, brilli come non hai fatto mai… Ho fame.

E si addormentò nel momento esatto in cui due uccelli Spialì roteavano sopra l'alberuga Yà.

# Và Là Lì

Sì, avete letto bene, questo è il capitolo nonno.

La gufetta Lì era finalmente giunta nel cortile di città abitato dalle zie di Mah, Và e Là; si stava guardando intorno e svolazzava da un ramo all'altro chiamando Và e Là a gran voce.

- Zitta! Esclamò Và

- Fai silenzio e smettila di sbatacchiare le ali! Le fece eco Là.

- Eccovi-vi, Và, Là, io sono Lì! Rispose la gufetta, eccitata per averle trovate.

I due elfi con una magia elfica la bloccarono sul ramo più interno del grande platano; Lì le poteva ascoltare, ma non riusciva a muovere un muscolo.

Và e Là le spiegarono che doveva parlare a bassa voce se voleva che la sciogliessero dalla magia elfica bloccante. Lì promise di parlare piano, Và e Là sciolsero la magia e la gufetta poté raccontare della sua avventura alla ricerca del suo amico Già, il panda nano, e della necessità che aveva di tornare nel paese di Laperlì nel più breve tempo possibile. Possibilmente un tempo gufesco e non un tempo elfico che, notoriamente, è molto più lungo del corto lungo medio di un tempo da lombrichi. Insomma, un tempo decisamente diverso. Più cortamente corto. Tipo fra poco.

Alla fine si erano capite.

- E dove si troverebbe il tuo amico Già? E perché mai dovremmo aiutarti a ritrovarlo? Chiesero insieme Và e Là.

A quel punto Lì raccontò di come avesse conosciuto Già nel lontano Laperlì e di come il suo amico fosse stato catapultato con una magia della strega Sciòlà nel bosco della loro nipote Mah.

Raccontò inoltre di come Boh, con una carota nero-buio-salta-là, fosse sparito insieme a Già e Mah.



- Come sparito! Esclamò Và.

- Sparita anche Mah? Chiese Là.

I due elfi erano al contempo stupiti e perplessi; in effetti, non vedevano Mah da parecchi giorni.

- Quindi anche Mah potrebbe aver bisogno d'aiuto! Per seguire quello strano coniglio si sarà infilata in qualche guaio.

- Come facciamo a raggiungerli? Laperlì è lontano! Li interruppe Lì.

- Ci vorrebbe un Viaggiavaso. Disse l'elfo Là.

- Sono d'accordo con te, anche se è da parecchio tempo che non lo usiamo. Rispose l'elfo Và.

E iniziarono a camminare in tondo grattandosi la testa per trovare una soluzione alternativa, che tanto non c'era.

Viaggiare con i Viaggiavasi aveva vantaggi e svantaggi. La comodità di un vaso da fiori in terracotta ad esempio: se ci stava comoda una piantina ci potevano star comodi tutti. Anzi, le piantine ci stavano così comode che spesso dalla felicità facevano pure i fiori. Gli svantaggi erano incentrati più che altro sulla lentezza: notoriamente un Viaggiavaso non era particolarmente veloce, infatti non si era mai sentito parlare di un Campionato di velocità per Viaggiavasi.

- Perché non aggiungete un tempo elfico? Chiese la gufetta Lì.

I due elfi si fermarono e smisero di grattarsi la testa, iniziando a strofinarsi le punte delle dita che, oltre a diventare lucenti, non produssero alcun tempo elfico.

- Non ci resta che andare alla banca del tempo elfico.

Propose Là.

- Anche se andiamo là, Là, non riusciremmo a prendere nemmeno un grammo di tempo elfico. Disse Và.

Allorché si intromise la gufetta, chiedendo perché mai se c'era una banca del tempo elfica, non si potesse semplicemente andare tutte insieme là, con Và e Là, e prelevarne un po'.

- Perché la banca del tempo elfica è sempre aperta tranne tutti i giorni. Sentenziò Và.

La gufetta chiuse gli occhi, raro per un gufo, e quando li riaprì disse: - Allora ci andremo il giorno del mai nel mese del poi dell'anno del forse. E così, Và, Là e Lì, proprio in quel giorno, fecero il pieno di tempo elfico al loro Viaggiavaso.



Il panda nano continuava a dormire e anche Boh aveva il respiro regolare di chi si sta facendo un bel sonno ristoratore.

- Adesso che dormono tutti, mi puoi raccontare la vera storia di Già e della strega Sciòlà? Chiese Mah all'alberuga Yà.

Dato che ci sarebbe voluto un bel po' di tempo e poiché la notte era ancora lunga, l'alberuga si sistemò meglio, fece salire Mah sul più comodo dei suoi rami e cominciò a raccontare.

Già, quando era piccolo, si smarrì un giorno nella grande foresta di Kù. Poiché non riusciva più a trovare la via di casa, era davvero triste e disperato. Un bel giorno, fu trovato da uno dei monaci Yamashi e condotto al tempio, dove gli avevano dato da dormire e da mangiare. Col passare dei giorni, i monaci si resero conto che il piccolo panda nano era ghiotto del wasabi prodotto dal monastero. Fino a qui, nulla di grave. Più il tempo passava e più Già e Sciòlà, così si chiamava il capo dei monaci, diventavano amici: passavano le giornate a giocare e a coltivare wasabi.

Un bel dì apparve nel cortile del monastero una gufetta di nome Lì, che ben presto divenne la nuova amica di Già. Il panda nano, come tutti i panda, non faceva fatica a stringere amicizia con tutti.

Questo non piacque a Sciòlà, che divenne sempre più gelosa dell'amicizia fra quei due.

L'invidia la consumava giorno dopo giorno, finché decise di sbarazzarsi una volta per tutte del panda nano. Così, produsse una polvere partente che cosparse sopra a una radice di wasabi, offrendola poi a Già: quella polvere partente aveva la proprietà di spedire il più lontano possibile chiunque l'avesse mangiata.

- Per mille mirtilli! Esclamò Mah. Ora tutto era chiaro.

Mah si voltò ancora una volta a guardare i suoi compagni di viaggio, che parevano non volersi svegliare più.

In verità il panda nano era sveglio da un pezzo e aveva sentito tutto il racconto di Yà che, a parte qualche piccolo errore, corrispondeva alla pura verità.

Mah sapeva riconoscere una creatura che dormiva da una che faceva finta, tutti gli elfi hanno questo potere ma, per una volta, aveva ignorato questa sua capacità.

Saper ascoltare e, alle volte saper tacere, è una qualità rara.

Già, continuando nella sua finzione, fece finta di stiracchiarsi e di svegliarsi: mancava poco all'alba di un nuovo giorno.

- E adesso come facciamo a tornare a casa e sfuggire per sempre dalla strega Sciòlà? Chiese Mah all'alberuga Yà.

- Io non ho tutte le risposte! Tu piuttosto, essendo un elfo, dovresti conoscere tutte le strade.

- Meno una. La corresse Mah.

- Gli elfi conoscono tutte le strade del mondo meno una, quella per tornare a casa.

In quel momento si rese conto che non sarebbe più tornata a passeggiare nel bosco fatato assieme a Boh, a guardarlo coltivare carote nella speranza di riuscire a produrne una del colore dei suoi capelli, né tanto meno rivedere le sue zie Và e Là. Erano bloccati su quella scogliera: da un lato l'impetuoso mar laperlese, dall'altro una strega cattiva, gelosa e rancorosa.

~ Un modo per tornare al vostro bosco fatato ci sarebbe. Disse Già ormai sveglio.



Mah lo guardò con occhi interrogativi, chiedendogli di spiegarsi meglio. E così il panda nano, senza guardarla negli occhi, le spiegò che suo cugino Solò, che abitava sull'isola di Solà, un giorno gli aveva raccontato che sulla sua isola c'era un "inghiottitoio direzionale".

Ci mise un bel po' di tempo a spiegare all'elfo di cosa si trattasse, finché a Mah si illuminarono le punte dei mignoli, segno evidente che aveva capito.

- Quindi mi stai dicendo che nel momento in cui saremo inghiottiti da quel vortice d'acqua ci basterà pensare intensamente al nostro bosco per sbucare proprio lì? Mettendo quel punto di domanda alla fine della frase più per sé stessa che per Già.

~ Esatto. Annuì Già facendo un gran sorriso e frugandosi nella tasca pandesca alla ricerca di una radice di wasabi da sgranocchiare.

Nel frattempo, anche Boh si era svegliato, non perché non avesse più sonno, ma per via del brontolio che arrivava sempre più rumoroso dalla sua pancia vuota. Approfittò di qualche mirtillo che nasceva spontaneo al limitare della scogliera, ne raccolse qualcuno nella zampa e andò a sedersi guardando il mare.



Prima ancora che Mah si sedesse accanto a lui, aveva già percepito l'odore setoso della pelle bianca dell'elfo e, senza voltarsi, mentre le porgeva la zampa colma di mirtilli disse: - È come te.

- Che cosa è come me?

- L'orizzonte sul mare è come te: infinito.

Boh allora le parlò del mare e Mah si ammutolì come una bimba davanti a una storia immaginaria. Ci era voluto un po' per capire che Mah, come la maggior parte degli elfi del reame boscoso, non aveva mai visto il mare.

Boh, invece, aveva già vissuto cento vite e in una di queste era stato un grande lupo di mare.

- Boh. Disse Mah mettendogli la testa sulla spalla e guardando il sole che nasceva sulle onde.

- Tutte le albe in cui non ti ho visto io ho pensato a quanta voglia avevo di vederti.

Questo pensiero entrò nel petto di Boh. Da quel momento stavano per iniziare il cammino verso casa.

BANDA del TEMPO
APERTURA:
SEMPRE
vanne TUTTI
i
giorni!
ALT!
IL TEMPO
È DENARO
IL TEMPO
FUGGE

# Boh e Mah, Già Lì



VàLàLì, ossia l'elfo Và, l'elfo Là e la gufetta Lì, dopo essere passate dalla banca del tempo elfico e aver fatto una discreta scorta di provviste per il viaggio, si misero tutte e tre comode nel Viaggiavaso e partirono per raggiungere i loro amici.

Forse con le provviste avevano un tantino esagerato: sette cestini di mirtilli, due sacchi di farina, venti litri di succo d'arancia, mandorle, noci e nocciole da riempire una carriola, un mestolo, quattro teglie, ottantatré carote gusto lungo e un pizzico di sale, un ombrello per ripararsi dal sole e dalla pioggia, due coperte e,

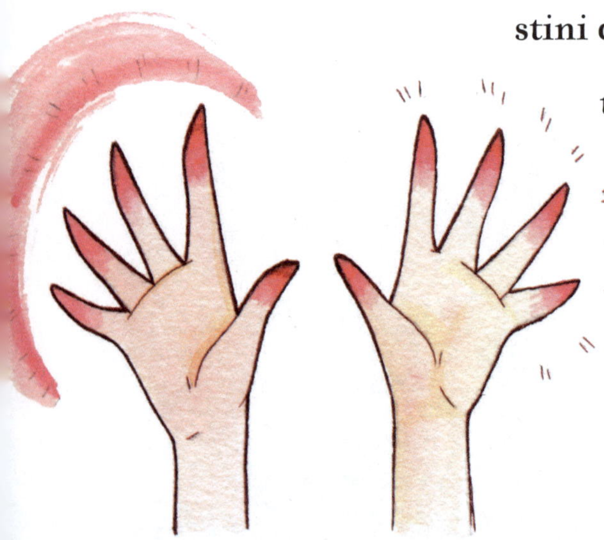

SUCCO
D'ARANCIA

ovviamente, un forno a legna.

Avendo acquistato tempo elfico, il viaggio fu giustamente breve, anche se lungo abbastanza da essere veloce e, alla fine della seconda crostata di mirtilli, videro la costa del paese di Laperlì.

Bisogna dire che le due crostate erano state divorate in tre bocconi dall'elfo Và, tanto che Là doveva tenerla per una caviglia altrimenti sarebbe volata via tanto era diventata leggera.

Prima di arrivare nei pressi dell'alberuga superarono un gruppo di uccellacci neri con grandi occhi: non sapevano che si trovavano vicini ai pericolosi uccelli Spialì.

La strega Sciòlà era verde-giallo-blu di rabbia rabbiosa. Continuava a camminare veloce avanti e indietro nel cortile e, di quando in quando, faceva cadere lo sguardo sul corpo inerme di Kù.

Dopo aver spedito il più lontano possibile quella palla pelosa di Già, Kù, il capo degli Spialì, era rimasto l'unico essere a volerle bene. Una specie di amico.

Avrebbe voluto lasciarlo lì nel fango, non meritava di certo la sua pietà ma, con quel pizzico di bontà che le era rimasto, sollevò Kù per portarlo nella torre e curarlo.

Anche le streghe cattive, forse, hanno un cuore.

In verità, Kù le serviva ancora perché due uccelli Spialì le avevano appena detto dove si trovavano i fuggitivi.

- Potresti far apparire nuovamente la vasca da bagno volante. Le suggerì Boh.

- Non ho abbastanza energia elfica per far apparire e far volare di nuovo una vasca da viaggio e, soprattutto non ho la forza per portare tutti quanti.

Boh, Mah e Già erano bloccati al limitare di quella scogliera. Sapevano che prima o poi quei ficcanaso degli uccelli Spialì li avrebbero scovati e chissà quale nuova arma si sarebbe inventata Sciòlà per sconfiggerli e imprigionarli.

Anche se Boh era un ottimo marinaio, non avevano una barca e, soprattutto, il mare era molto agitato. Inoltre, non avevano idea di dove si trovasse l'isola di Solà: Già aveva soltanto detto che era in quella zona, ma non aveva dato altri dettagli.

- Per la barca non c'è problema. Disse l'alberuga Yà.

- Con tutto il legname che è arrivato dal mare, posso costruire una barca abbastanza grande per affrontare questo mare e per farci stare tutti. Bisogna però sapere esattamente dove si trova l'isola di Solà.



- Mi è rimasta abbastanza energia elfica per un volo di ricognizione. Suggerì Mah.

- E come riusciamo a trovarla? Chiese Boh.

~ Usa il tuo prodigioso naso: mio cugino Solò, un giorno, mi ha detto che l'isola di Solà profuma di gelsomino.

Non serviva aprire gli occhi. Con le vibrisse percepiva l'aria captandone la densità per trovare la strada.

Mah era aggrappata alla sua schiena e usava tutto il suo potere elfico per farli volare.

Ogni tanto Boh si divertiva a planare sulle creste schiumose delle onde e leccare qualche goccia salmastra.

Anche Mah aveva gli occhi chiusi perché era terrorizzata per come Boh volava; al contempo, non si era mai sentita così sicura e protetta.

Lo spettacolo del mar laperlese era ancora più grandioso per via dei colori che il sole del mattino stava regalando a quello spicchio di felicità. 

A Boh piaceva volare a occhi chiusi, perché percepiva meglio i contorni della vita usando gli altri sensi.

Il dolce profumo del gelsomino gli solleticò il naso, aprì gli occhi e vide un'isola perfettamente rotonda con al centro un lago turchese come gli occhi di Mah.

- Guarda, Boh! È l'isola più bella che abbia mai visto!

- Ma se è la prima isola che vedi in tutta la tua vita! Esclamò Boh.

- Sì è vero Boh, ma tutte le cose che vedo quando sono con te sembrano le più belle del mondo.

Individuata l'isola, Boh e Mah, con la poca energia elfica rimasta, ritornarono verso la scogliera planando sull'alberuga Yà.

I due gruppi atterrarono tutti nello stesso momento, non senza qualche piccolo problema.

Siccome anche l'elfo Là aveva mangiato di nascosto tre crostate di mirtilli, la gufetta Lì dovette a sua volta afferrare una gamba di Là tenendosi al contempo al bordo del vaso con il becco.

Riassumendo: Và era tenuta da Là che, a sua volta, era tenuta da Lì che contemporaneamente si teneva al vaso. A vederle così sembrava un albero d'elfi che cresceva dal vaso.



Mah aveva esaurito l'energia elfica poco prima di atterrare e, nonostante le lunghe orecchie di Boh permettessero di planare, l'atterraggio fu più che altro un ruzzolare. Da una nuvola di polvere che avanzava rotolando verso l'alberuga apparivano orecchie, capelli rossi, mani e zampe.

Un guazzabuglio peloso da far ridere anche i sassi!

Dopo essersi ripuliti, passarono non poco tempo a salutarsi e abbracciarsi.

Mah era stupita e contenta di rivedere le sue zie.

Già saltellava rimbalzando intorno a Lì che, a sua volta, sbecchettava dalla felicità per aver finalmente ritrovato il suo amico peloso.

Và e Là iniziarono a raccontare del loro viaggio a bordo del Viaggiavaso, di tutti i mari e i paesi che avevano sorvolato. Avevano perfino dato un passaggio a Lellì, un'elefantessa che passava per di lì, per un breve tratto del viaggio.

Erano almeno quattrocentododici anni che non viaggiavano (gli elfi non amano viaggiare), ma si erano comunque divertite un mondo e avevano osservato una moltitudine di animali diversi, compresi dei curiosi uccelli neri dagli occhi grandi.



Il gelo cadde sulla radura. Tutti si immobilizzarono a quelle ultime parole.

- Come occhi grandi? Chiese Boh visibilmente preoccupato.

- Ci hanno affiancato poco fa; a parte gli occhi grandi, sembravano carini e simpatici. Parlò Và.

I pericolosi uccelli Spialì avevano individuato il gruppo e non c'era tempo da perdere: dovevano andar via da quel luogo.

La barca che aveva costruito in fretta e furia l'alberuga Yà poteva portare soltanto Boh, Mah e Già. Adesso si erano aggiunte anche Và, Là e Lì. Non avrebbe retto il peso di tutte quelle creature.

- In sei siete troppo pesanti, affonderete prima ancora di partire. Confermò Yà.

- Dobbiamo alleggerirci. Replicò Mah, mentre tutti guardavano la pancia cicciottella di Boh.

~ Non posso mica mettermi a dieta adesso, e comunque sono un figurino!

- Non stavamo pensando a te, ma a noi elfi.

E così Boh si ricordò cosa succedeva a un elfo quando mangiava una crostata di mirtilli: diventava più leggero dell'aria. C'erano ancora abbastanza provviste nel Viaggiavaso per poter fare un sacco di crostate di mirtilli, e così tirarono fuori il forno, le ceste di mirtilli, la farina e tutto l'occorrente per preparare una montagna di crostate.

Nel momento in cui Mah, Và e Là stavano iniziando ad addentare le prime fette di crostata ai mirtilli, uno stormo di uccelli Spialì oscurò il sole. Davanti a tutti la strega Sciòlà, in groppa a Kù, incitava il gruppo a volare più velocemente. 

- Presto, saltate tutti dentro la barca! Non c'è tempo da perdere! Li esortò Yà.

E così fecero. Un gruppo di elfi e un panda nano si andarono a sedere sulle panche della barchetta costruita da Yà, la gufetta Lì si appollaiò in cima all'albero maestro per scrutare l'orizzonte e un coniglio marinaio si mise al timone.

La barca, come predetto da Yà, iniziò ad affondare, mentre gli uccelli Spialì si facevano sempre più vicini.

- Mangiate più in fretta! Gridò Boh mentre issava la vela.

MahVàLà non se lo fecero dire due volte e cominciarono a inghiottire una gran quantità di fette di crostata: più mangiavano, più la barca diventava leggera, acquistando velocità.

Sciòlà ormai li aveva quasi raggiunti. Era il momento di mettere la parola fine a quella storia assurda: avrebbe fatto sparire l'odioso panda nano e tutti i suoi amici, vecchi e nuovi.

Lo stormo superò l'alberugà Yà senza che lei potesse fare alcunché per fermarli, se non lanciare un ultimo monito al gruppo di fuggitivi.



Erano spacciati, nel giro di pochissimo tempo gli Spialì avrebbero distrutto la loro fragile barchetta facendoli affondare in quel mare agitato.

Quando ormai la prima squadra di uccellacci era a pochi metri da loro, successe l'incredibile: gli Spialì iniziarono improvvisamente, e senza alcun motivo apparente, a cadere in mare facendo versi e sparendo fra la schiuma delle onde.

Sciòlà non lo sapeva che i suoi poteri funzionavano soltanto sulla terraferma.

Erano salvi.

Boh, in tutto quel vorticare di onde e piume, non si era mai voltato, concentrato com'era sulla rotta da seguire. Solo quando la chiglia della barca graffiò la battigia di Solà si rilassò, non prima di aver controllato lo stato dei suoi compagni.

Già era il più tranquillo di tutti e fu il primo a saltare nell'acqua bassa per andare a cercare suo cugino Solò.



La gufetta Lì gli svolazzava intorno perlustrando la spiaggia, aiutandolo nella ricerca.

Solo quando si decise finalmente a posare lo sguardo sulla panca che aveva ospitato i tre elfi restò stupito, vedendola vuota.

- Mah! Dove sei? Gridò a gran voce, non senza un filo d'ansia.

Anche Và e Là erano sparite. Sulla spiaggia soltanto le orme di Già.

- Siamo qua su! Esclamarono all'unisono i tre elfi.

Allora Boh alzò lo sguardo e vide la cosa più buffa e divertente della sua vita: Mah era aggrappata al pennone, Và alla caviglia di Mah e Là a quella di Và. Tutte e tre svolazzavano come una bandiera assonnata risvegliata da un flebile alito di vento.

A quel punto, Boh iniziò a ridere come non aveva fatto mai, si rotolava per terra tenendosi la pancia, per un tempo così lungo da poter vedere i semi dei melograni riempirsi di succo.

- Giuro che quando scendo di qui ti trasformo in un leprotto mangia bacche! Urlò Mah a Boh, che pareva non voler smettere di ridere.



Solo dopo un ragionevole tempo elfico le tre riuscirono a liberarsi dal pennone della barca e, nonostante dovessero tenersi qualche sasso nelle tasche per non volar via, raggiunsero i loro amici sulle rive del lago turchese dell'isola.

Solò, il cugino di Già, declinò l'offerta di spartirsi l'ultima radice di wasabi e iniziò a spiegare come usare l'inghiottitoio direzionale. Non appena fosse apparso il vortice d'acqua, avrebbero dovuto lanciarvisi dentro subito, pensando intensamente al luogo dove sarebbero voluti arrivare.

L'importante era che quel luogo avesse abbastanza acqua per accoglierli.

Passarono poi tutta la serata e tutta la notte a raccontarsi quella straordinaria avventura.

Già non lo aveva detto, ma ormai tutti sapevano che era quello il suo luogo d'arrivo.

La mattina seguente, non appena il sole illuminò lo specchio d'acqua del lago al centro dell'isola di Solà, un vortice apparve nelle calme acque interne. Il tempo di un ultimo saluto e tutti si buttarono nell'inghiottitoio direzionale.

Và e Là emersero nel piccolo corso d'acqua vicino al cortile che ospitava il bosco di platani, Boh e Mah affiorarono nel torrente del bosco fatato proprio sotto al ponticello che li aveva visti partire per questa avventura.

- Tutto bene Mah?

- A parte il fatto che ci metterò una settimana ad asciugarmi i capelli, direi di sì.

Erano ancora immersi nell'acqua quando qualcosa li distrasse dai loro pensieri.

- Hai sentito? Chiese Mah.

- Sentito cosa?

- Hai sentito una qualche vocina? Un qualcosa?

- Dove?

- Sotto.



- Sotto a cosa?

- Sotto al buco!

- Allora dentro al buco. Precisò Boh.

- Sotto, dentro o dentro-sotto, cosa cambia! Disse Mah spazientita.

- Cambia eccome! C'è il sotto, c'è il dentro e poi c'è il sottodentro.

- Boh, non iniziare con i tuoi giochi di parole! Mi fai impazzire! Sbottò Mah.

- Va bene, scusa. È che ho sentito una vocina, ma qualquadra non cosa. Rispose Boh serafico.

- Ma come parli? Non cosa, qualquadra, sottodentro! Mah aveva già le punte delle dita che brillavano in segno di rimostranza elfica.

- Ora ti spiego. Le rispose Boh. - La vocina mi sembra di averla sentita arrivare dal sottodentro ed è per quello che qualquadra non cosa. Se fosse sotto al ponte vedremmo chi ha parlato, se fosse dentro al buco sentiremmo l'eco della voce, quella vocina aveva un ché di preoccupato, sembrava chiedere aiuto ma, soprattutto, veniva proprio dal sottodentro.

- Allora dobbiamo andare a vedere di che cosa si tratta. Gli rispose Mah.



Boh, mentre usciva dall'acqua aiutato da una robinia e scrollandosi il pelo, le disse che negli ultimi giorni avevano vissuto una grande avventura. Adesso aveva bisogno di andare a vedere come stava il suo orto di carote e riposarsi per un discreto tempo elfico. Poi sarebbero andati nel sottodentro a vedere cosa succedeva.

E così si salutarono, non senza un pizzico di nostalgia per i giorni passati insieme, sapendo che presto avrebbero vissuto nuove avventure.

Mentre Boh perlustrava con coniglifera minuziosità il suo orto di carote, Mah si chiuse alle spalle la porta della sua casetta elfica. Era contenta per aver aiutato il vigile arboreo a ritrovare la serenità del bosco e Già a trovare una nuova vita sull'isola di Solà con la sua amica Lì.

Iniziava anche lei a sentire la stanchezza per quei giorni tumultuosi e ricchi di avvenimenti che avevano rafforzato il rapporto con Boh.

Si buttò sul letto sapendo benissimo che gli occhi di Boh riuscivano ad accarezzarla anche da lontano, e così, finalmente, si addormentò.

# Ringraziamenti

Fidatevi, gli elfi esistono e vegliano su di noi.

Io devo ringraziare il mio e non solo per tutti gli spunti e i suggerimenti ricevuti.

Una sera di giugno, senza fame, ciondolavo a tavola guardando gli altri commensali quando, inaspettatamente, mia figlia Stella mi chiese se per caso fossi uno scrittore. Perplesso per la domanda, le risposi che no, non lo ero. Anche se avevo scritto un romanzo l'anno prima, non mi consideravo uno scrittore: piuttosto, un editore.

Incurante della mia risposta, mi chiese se potessi scriverle una storia così da leggergliela la sera successiva, le risposi con un monosillabo: Boh!

- Ma daaai papi! Insistette ancora.

- Mah, non saprei. Le risposi.

E poi vidi Boh e Mah che chiacchieravano fitto fitto in fondo al giardino, all'ombra del faggio.

Ringrazio per il sostegno benefico all'iniziativa dell'ASST Grande Ospedale Metropolitano Niguarda, Dipartimento Materno Infantile: Burgo Distribuzione per la carta utilizzata in questo libro, CNS per le pregevoli scansioni, Faenza Group per il contributo alla stampa.

Un ringraziamento speciale a Irma che ha saputo cogliere l'essenza dei personaggi e delle situazioni trasponendole in illustrazioni uniche. Ha scovato caratteri nascosti nel mondo di Boh e Mah che poi si sono infilati nella mia stilografica.

Un grazie a Francesca Falcone, editor, che con la sua passione per la lingua italiana ha faticato a tollerare arditi scioglilingua o a correggere scivoloni pericolosi.

Infine, il mio vero ringraziamento va a Carolina, Jacopo, Gianmarco, Ginny, Lapo, Rebecca, Sofia e a tutti quei bambini di ogni età che, capitanati da Stella, con bambinesca e professionale critica hanno seguito la nascita di questo libro capitolo dopo capitolo.

Ovviamente ogni riferimento a fatti, luoghi o persone è puramente casuale e di fantasia. Se qualcuno se ne duole, fatti suoi.

Seguite gli aggiornamenti sul bosco fatato e le avventure di Boh e Mah sul loro sito:
www.bohemah.it

Se volete scrivere a Boh, oppure a Mah, potete usare un Viaggiavaso (solo se conoscete un elfo per farlo decollare). Potete usare una Farfalettera ma, volando un po' a casaccio, non avrete la certezza del recapito. Più sicuro l'uso di un Brucalettera (bruco portalettere) a patto che non vi siano notizie urgenti o gustose. Nel caso nessuno dei tre summenzionati metodi funzionasse provate con una rudimentale e-mail.
Per scrivere a Mah: mah@bohemah.it
Per scrivere a Boh: boh@bohemah.it

• ALCUNI PERSONAGGI DI QUESTA AVVENTURA, IN ORDINE SEMI-SPARSO •

## *Boh*

un coniglio che ama coltivare il suo orto di carote. Come tutti i conigli è socievole e burlone. Ama occuparsi del suo orto come poltrire al sole. È amico di tutte le creature del bosco fatato anche se preferisce la compagnia di Mah.

## *Mah*

un elfo che vive da sempre nel bosco fatato. Abita una casetta elfica con il tetto in fili d'erba, adora le crostate di mirtilli ed è la migliore amica di Boh. Quando si arrabbia le si illuminano le dita e profuma di gelato al fiordilatte.

## *Già*

un panda nano ghiotto di wasabi che stranamente è apparso nel bosco fatato creando un grande scompiglio. Solo con l'aiuto di Boh e Mah riuscirà a tornare a casa.

## *Sciòlà*

troppo cattiva per parlarne male, spaventa anche me.

## *Kù*

il temibile capo degli uccelli Spialì. Devoto servitore della strega Sciòlà e, alle volte, suo unico amico.

## *Se*
la topina che abita e conosce tutte le strade e i percorsi segreti del castello Yamashi.

## *Vigile Arboreo*
ma c'è bisogno di spiegarlo?

## *Và e Là*
due elfi zie di Mah.

## *Cò*
il bruco che la sa lunga più di quante siano le sue zampe.

## *Yà*
l'alberuga, saggia e lenta con una memoria da elefante.

## *Lì*
la gufetta birichina amica di Già.

## *Chissà*
lo zio smemorato di Mah, un elfo pluricentenario.

## *Oh*
un bradipo burocrate dalle decisioni irrevocabili.

## *So-lò*
il cugino eremita di Già.

# *Indice*



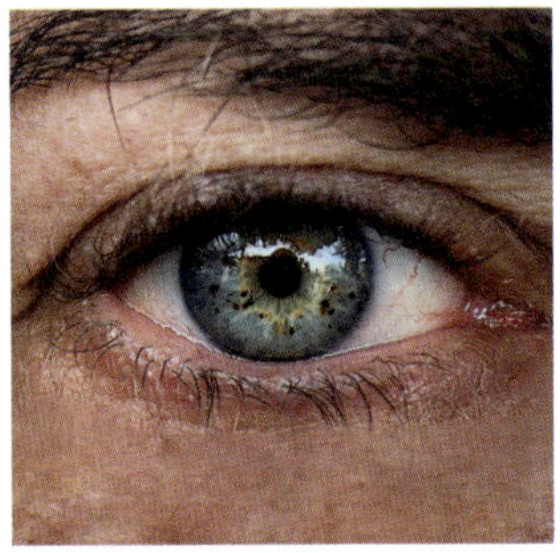

Ivo A. Nardella

AUTORE PER CASO, EDITORE PER PASSIONE. MILLE LE ASCOLTI UNA LA SCRIVI.

Ivo Nardella è nato
nel 1968 a Milano,
ha studiato ingegneria.
Dopo un periodo di
apprendistato all'estero
presso alcune case editrici
si è dedicato alle attività
editoriali del gruppo
Tecniche Nuove ricoprendo
diversi ruoli fino a diventarne
l'amministratore unico.
Stella, la più piccola
dei suoi tre figli
è stata la miccia di questo
racconto. Appassionato
sportivo, viaggiatore curioso
e amante delle cose belle.
Boh & Mah è il secondo libro
pubblicato dopo Vipera,
romanzo d'avventura
ambientato in un futuro
prossimo.

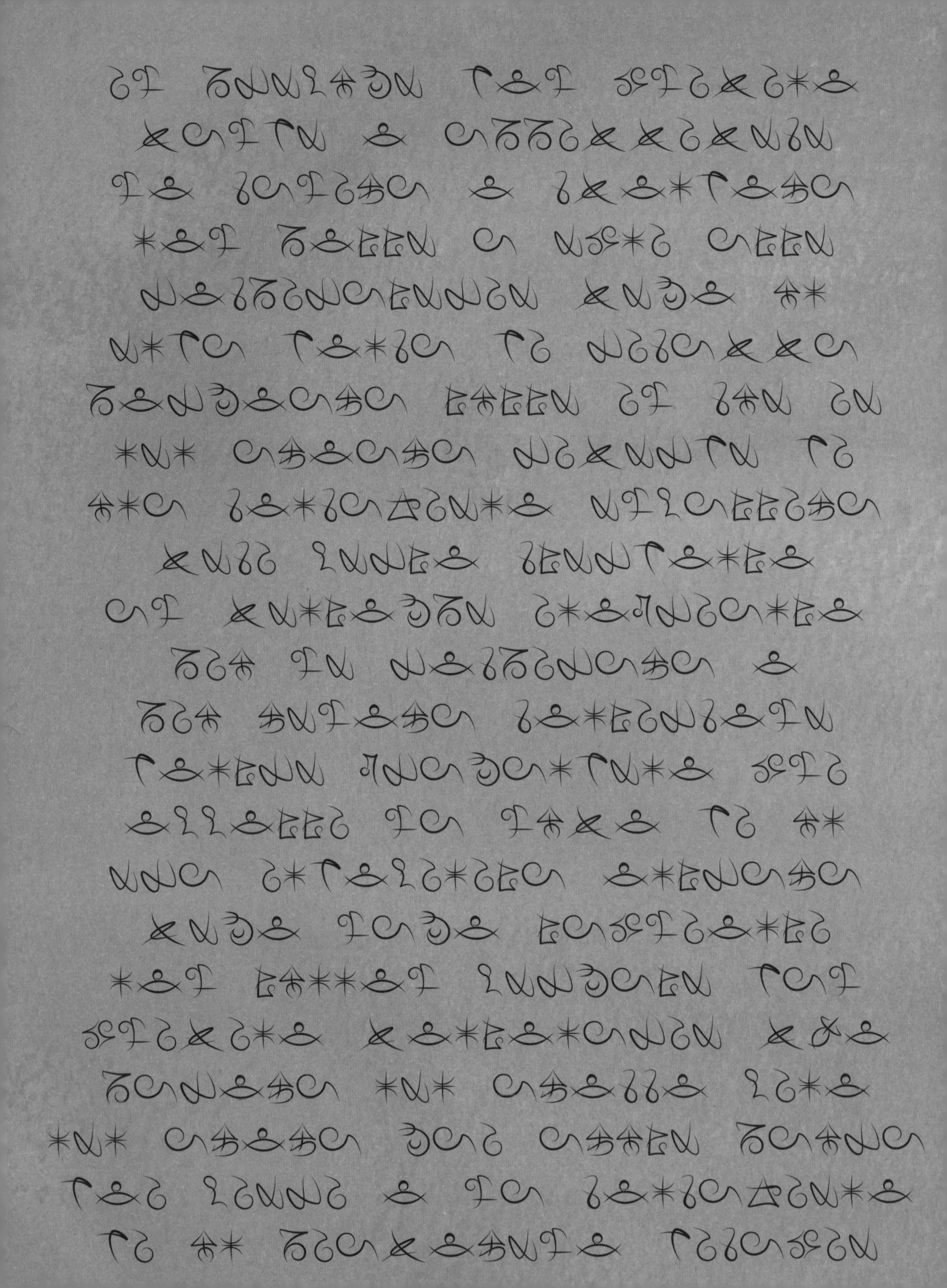